Les héros de la différence

Valérie Michel

Les héros de la différence

Roman

LE LYS BLEU
ÉDITIONS

© Lys Bleu Éditions – Valérie Michel

ISBN : 979-10-377-1054-3

De la même auteure

Comme une évidence, Le Lys Bleu Éditions, septembre 2019

La lettre à Élise, Le Lys Bleu Éditions, décembre 2019

Dédicace

À celles et ceux qui font face au handicap
et à la différence au quotidien...

À tous ceux qui prônent la tolérance et la solidarité...

Chapitre 1

Cinquante ans. Un tournant. Cinquante années déjà vécues remplies d'émotions, d'aventures, de péripéties. Un demi-siècle déjà ! Impressionnant ! J'avoue que je ne l'ai pas vu passer, emportée par le tourbillon de la vie… Une demi-vie, pour ainsi dire, s'est écoulée, sans que je m'en rende compte vraiment. Et pourtant, il est rempli de souvenirs, des bons, des contrariants, des franchement déplaisants que j'ai envie d'oublier. Des souvenirs heureux qui m'ont marquée et que je n'oublierai pas, sauf, si un jour, une fâcheuse maladie les éloignait de moi, contre mon gré, malgré mes efforts surhumains pour qu'ils ne m'abandonnent pas. Je serais si triste dans ce cas, n'y pensons pas. Cela n'arrivera peut-être pas, rien ne sert de m'angoisser à l'avance. Je préfère songer au passé qui m'a énormément gâtée et au présent qui me sourit pour le moment. Quel passé ? Une enfance heureuse, chérie entre deux parents qui s'aimaient passionnément et qui m'ont transmis beaucoup d'amour. Maman était clerc de notaire, un métier qui lui plaisait beaucoup mais qui l'accaparait plus que de raison. Elle travaillait en collaboration avec un notaire charmant, du moins un notaire qu'elle appréciait. Elle nous en parlait souvent. Agréable, doux, ne se prenant pas trop au sérieux, il bénéficiait à son étude, d'une clientèle fidèle qui ne l'aurait quitté que par nécessité, un déménagement par exemple. En effet, il prenait son temps pour expliquer, clarifier les situations, les enjeux, ses interventions. Il répondait apparemment posément aux nombreuses questions dont il se voyait assailli en permanence. Toujours calme, il exposait clairement ce que chacun avait envie de comprendre. Il conseillait avec sagesse, anticipait le futur. Maître Renard, il s'appelait, je trouvais ce nom trop drôle lorsque j'étais enfant. Je ne savais pas vraiment s'il était rusé ou calculateur. En tout cas, je l'aimais bien puisque Maman en parlait favorablement. Le seul souci, pour moi, restait l'heure tardive de retour à la maison de Maman que j'attendais avec impatience, le soir, pour lui raconter mes histoires d'école. Je sautais de joie lorsque je savais qu'elle allait bientôt rentrer. Elle m'appelait toujours en chemin pour me prévenir, sans doute aussi pour me rassurer et déculpabiliser. Lorsqu'elle arrivait, je lui sautais au cou : elle me consacrait ensuite toute sa soirée jusqu'à ce que je sois couchée, après m'avoir lu une histoire et fait mon gros câlin du soir. Nous n'attendions pas toujours Papa pour dîner car il était souvent retardé au bureau, par un dossier, un appel, une réunion, un problème à régler. Il était ingénieur manager et se trouvait, lui aussi, très investi dans ses fonctions. Néanmoins, Papa, tout comme Maman, s'occupait de moi autant qu'il le pouvait. Si Maman vérifiait mes devoirs et me faisait réciter mes leçons, Papa me posait toujours en rentrant d'innombrables questions pour s'assurer que tout allait bien : ma journée avait-elle été bonne ? Comment allaient mes amies ? La maîtresse n'avait-elle pas donné trop de devoirs ? Avait-elle prévu une sortie ? Avais-je eu de bonnes notes ? Des compliments ? Tous les jours, il voulait tout savoir, sans doute par peur de manquer un épisode de mon enfance. Le week-end, il m'emmenait faire du sport (j'ai touché un peu à tout pour me fixer finalement sur le hand-ball car j'aimais les sports d'équipe). Il s'arrangeait aussi pour que nous allions nager à la piscine au moins une fois par semaine ensemble, le samedi, la plupart du temps. J'avais appris très tôt à nager, j'adorais l'eau, je suis du signe du Poisson : ça doit être pour ça ! Papa, lui, adorait faire ses longueurs : il disait qu'après quelques brasses, il se sentait tout de suite beaucoup plus détendu. Il évacuait le « stress du boulot », comme il disait. Moi, au milieu de mes parents qui s'aimaient éperdument, je grandissais heureuse, équilibrée. Ils semblaient fiers de moi et me valorisaient beaucoup. Il faut dire que j'étais enfant unique : sans doute n'avaient-ils pas le temps de me faire un petit frère ou une petite sœur, accaparés tous les deux par leur travail, soucieux aussi de m'offrir le meilleur. Il faut dire que Maman était issue d'une famille nombreuse, avec un grand-père ouvrier et une mère au foyer, et qu'elle avait été privée de nombreuses gâteries en son temps, apparemment. Elle avait connu les Noëls sans cadeaux, avec une simple orange dans son soulier désespérément vide tous les ans. En grandissant, ce sont ses frères et sœurs qui déposaient les petits paquets, achetés avec l'argent qu'ils avaient gagné en travaillant. Bien sûr, elle rêvait de jours remplis de surprises pour sa fille, de Noëls comblés. Elle avait beaucoup travaillé, à l'école, pour se sortir de cette misère, qui ne l'avait pas rendue triste pour autant : il y avait beaucoup de complicité dans cette fratrie (dispersée aux quatre coins du monde aujourd'hui), d'après les souvenirs qu'elle m'a racontés.

Pour ma part, j'étais une enfant timide et pourtant très sociable : une fois que je connaissais un peu les gens, je sortais de ma coquille comme un escargot par temps de pluie. Je m'ouvrais alors pleinement à eux. J'avais besoin de savoir à qui j'avais affaire et si la personne était digne de confiance. Ensuite seulement, je pouvais échanger, me confier, m'épancher. Il me fallait juste un peu de temps pour « tâter le terrain ». Après, lorsque je me liais d'amitié, c'était profond, sincère, et pour toujours. J'étais une enfant sensible, un peu émotive. Je ne supportais pas la méchanceté et n'aimais pas voir souffrir les autres. J'arrivais à vaincre mon embarrassante timidité lorsqu'il s'agissait de porter secours à mon prochain. J'avais particulièrement beaucoup d'amies, moins de copains. Scolairement, je faisais de mon mieux et visiblement, mes résultats s'avéraient à la hauteur des attentes de mes parents. Consciencieuse, très sérieuse, j'obtenais de bonnes notes et les félicitations très régulièrement. J'étais si heureuse de voir mes parents clamer leur joie lorsque je ramenais mes bilans à la maison : ils me félicitaient et me récompensaient. Bref, je vivais une enfance comblée, contente de les satisfaire en tout point. J'étais gâtée, j'avais de la chance. Les années passant, j'ai grandi, mûri, toujours bien entourée, accompagnée et soutenue quoi qu'il arrive. L'adolescence ne m'a pas vraiment perturbée : je restais fidèle à moi-même, essayant d'offrir le meilleur, dans tous les domaines. Lorsque j'ai obtenu mon baccalauréat scientifique avec la mention bien (j'étais passé très près de la mention très bien), mes parents ont presque dû me consoler. J'aimais l'excellence, et le perfectionnisme se révélait être, chez moi, un véritable défaut. J'avais passé un baccalauréat C, à l'époque, parce qu'il était censé m'ouvrir toutes les portes. Mais, pour ma part, je cherchais la sortie vers la littérature. J'adorais lire, écrire, et je me plaisais à découvrir de nombreuses œuvres d'auteurs connus ou moins connus. J'avais l'impression de m'enrichir en voguant dans le flot des mots, étudiant les courants de pensée, naviguant parmi les idées des auteurs anciens qui faisaient part de leur expérience ou des jeunes auteurs précurseurs d'une ère nouvelle.

Je suis tout naturellement devenue professeur de français. J'ai enseigné très longtemps, au lycée. Mes capacités de travail et mon engouement pour la littérature m'avaient conduite à l'agrégation. Je préparais longuement mes cours avec intérêt, voire passion. Effectuant peu d'heures en classe, mon métier m'avait permis de fonder une famille nombreuse, mais au bout de mon quatrième enfant, la complexité de ma vie de femme, d'épouse, de maman et de professeur m'a empêchée de poursuivre le rythme de vie d'enfer qui était devenu le mien au quotidien. Il m'a fallu prendre une décision car ma santé semblait en pâtir : je n'avais plus de tension, j'étais juste épuisée physiquement. Le choix n'a pas été difficile car j'ai toujours donné la priorité à mes enfants. J'ai donc cessé d'exercer mes fonctions que j'aimais, pour me consacrer pleinement à eux. Ils avaient tous de très nombreuses activités qui me demandaient, en dehors du travail scolaire, beaucoup de temps et d'investissement, parfois même au détriment de ma propre personne : je n'avais guère le temps de souffler, encore moins de m'octroyer des loisirs. Mais m'occuper de ma petite famille me comblait pleinement. Je les accompagnais dans leur devenir et j'en étais très fière. Toutefois, je parlerai d'eux après, sinon je risque d'entrer dans de nombreuses digressions.

Dans cette sorte de bilan d'introspection de la cinquantaine, je ne peux m'empêcher de songer à celui qui m'a permis de construire ce merveilleux foyer : mon mari. Dire que nous aurions pu nous croiser sans même nous remarquer alors qu'il était l'homme idéal que je recherchais ! Il s'en est fallu de peu mais le destin nous a réunis comme par enchantement… Je me trouvais debout dans une rame de métro, du haut de mes vingt et un ans et une espèce de jeune dévergondé m'avait abordée : il n'avait pas l'air très clair, sans doute avait-il bu ou fumé quelque chose, peut-être même les deux ? « Salut, ma belle », m'avait-il dit avec son haleine d'alcoolique éméché, alors que le train redémarrait. La rame était bondée. Nous nous trouvions relativement serrés les uns contre les autres, dans une promiscuité plutôt gênante, mais il nous fallait tous rentrer chez nous. Une grève avait supprimé plusieurs rames et celles qui circulaient se retrouvaient de fait assez espacées et surchargées. À chaque station, nous nous rapprochions de plus en plus les uns des autres jusqu'à étouffer. Les wagons étaient à la longue pleins à craquer, bondés, les fenêtres fermées, sans climatisation. Je commençais à suffoquer dans cette chaleur humaine lorsqu'il m'a semblé sentir une main posée sur mes fesses… Ma réaction fut vive mais contenue, je me suis retournée vers l'abruti mal élevé qui me collait, je l'ai fusillé du regard et lui ai demandé très énervée d'arrêter de me peloter. Au vu de sa nonchalance à enlever sa sale patte, un jeune homme visiblement choqué, juste à mes côtés, est intervenu en le sommant fermement de me laisser tranquille. Sans doute avait-il remarqué son petit jeu malsain ? Je lui en ai su gré et l'ai remercié avec un grand sourire. Décidée à sortir du wagon à la station suivante, je tentais de m'approcher des portes. Lorsqu'elles se sont ouvertes, je me suis précipitée (en usant un peu de mes coudes par la force des choses) mais j'ai culbuté et me suis retrouvée projetée sur le quai, la tête la première. L'abruti ivre avait dû me faire un croche-pied, je m'étais donc étalée de tout mon long. Le jeune homme qui était venu à mon secours quelques minutes auparavant est spontanément venu m'aider à me relever, en quittant également le wagon. Tous les gens présents sur le quai n'étaient pas tous parvenus à monter dans la rame, malgré tous les efforts qu'ils avaient faits pour pousser, tasser et essayer de rentrer coûte que coûte. Ils nous ont donc regardés avec stupéfaction, se demandant ce qui s'était effectivement passé. Lorsqu'ils ont vu que je n'avais rien de cassé et que le jeune homme ne me voulait que du bien, ils ont détourné le regard, en quête d'une nouvelle rame salvatrice : tous voulaient rentrer chez eux au plus vite et s'éloigner de ce cauchemar du jour. Pour ma part, j'essayais de voir si j'étais encore entière, lorsque, pour la seconde fois, j'ai entendu le son de sa voix :

— Tout va bien, Mademoiselle ?

— Je crois, ai-je répondu en m'observant sous toutes les coutures.

Il est vrai que j'avais mal à plusieurs endroits, mais rien de grave ne semblait avoir découlé de ma fabuleuse et mémorable chute. Il y avait eu plus de peur que de mal, quelques ecchymoses qui passeraient certainement par toutes les couleurs du bleu au rouge, ou du jaune au violet… Juste quelques arcs-en-ciel ici et là, mais rien de méchant…

— Vous voulez qu'on sorte prendre un peu l'air pour vous remettre de vos émotions ? La chaleur est vraiment intenable aujourd'hui. Je déteste les grèves estivales, elles sont pires qu'en toute saison ! m'a-t-il dit.

— J'avoue que je ne suis pas loin de me trouver mal. Un peu d'air me fera le plus grand bien.

C'est ainsi que j'ai rencontré Christian, MON Christian, le père de mes quatre enfants ! Une fois dehors, nous sommes allés boire un verre de limonade bien fraîche dans un café et nous avons fait connaissance. Il s'agissait d'un beau brun bien habillé, BCBG, qui m'est apparu d'emblée fort sympathique. Il faisait des études dans la prestigieuse école de HEC (Hautes Études Commerciales) après deux années de classes préparatoires et un difficile concours qu'il avait brillamment réussi. Comme moi, il lisait beaucoup. Nous avons évidemment parlé littérature. Nous avons décidé de nous revoir, puis échangé nos numéros de téléphone. La suite se devine aisément...

Le prochain mois de juin, nous fêterons nos 25 ans de mariage, les noces d'argent. Que le temps passe vite ! Christian est devenu PDG dans une grande société pharmaceutique. Il s'est toujours intéressé à la pharmacologie. Pourquoi ? En fait, je ne sais pas vraiment... Un jour, je lui ai posé la question. Il m'a répondu « autant produire des choses utiles » : une réponse bateau, guère éclairante... À mon idée, toutes les sociétés produisent des choses utiles. Ce dont je suis sûre, c'est que l'industrie pharmaceutique est lucrative. Christian gagne bien sa vie, il aime le management. Il ne ménage pas ses heures mais comme j'assume le reste à la maison, nous avons trouvé un équilibre de vie. M'arrêter de travailler lui a profité autant qu'aux enfants : tout le monde y a trouvé un confort de vie. Lorsque les enfants étaient petits, je pouvais tout gérer alors qu'il se trouvait toujours occupé, en déplacement, en réunion ou en rendez-vous : le scolaire, les activités, les tâches ménagères, les visites médicales fréquentes. Bref, ces années se sont écoulées à la vitesse de l'éclair, j'étais tellement occupée, voilà pourquoi je ne les ai pas vues passer...

Chapitre 2

Depuis, les enfants ont grandi. Christian, lui aussi, a eu cinquante ans récemment. Nous sommes de la même année. Comme nous n'avons qu'un mois d'écart, les enfants nous ont fait une merveilleuse surprise pour fêter notre demi-siècle respectif. Je réalise que je ne les ai pas encore présentés. Je vais donc le faire succinctement, avant d'évoquer leur sympathique surprise, en essayant de ne pas m'égarer car il y a beaucoup à dire sur chacun d'eux.

Notre aîné s'appelle Clément. Il a vingt-deux ans. Depuis tout petit, il fait du tennis : une grande passion qui lui a donné de très belles satisfactions puisqu'il est très bien classé maintenant, après avoir participé à de nombreux et prestigieux tournois, jouant en simple ou en double. Il a été recruté dans son propre club, juste à côté de chez nous, dès l'âge de seize ans, pour donner des cours aux plus jeunes, les entraîner et leur transmettre sa passion. Son salaire n'est pas forcément mirobolant mais il fait ce qu'il aime et il a un travail annexe en complément qui lui plaît également : il travaille chez Intersport à Pontault Combault en tant que responsable du rayon des sports de raquettes qui comprend aussi bien le tennis, que le tennis de table et le badminton. Il avait sa chambre au rez-de-chaussée chez nous.

Celle-ci est désormais inoccupée puisqu'il loue un appartement, un deux-pièces, pas trop loin de notre propre maison, située à Ormesson-sur-Marne. Nous avons la chance de le voir souvent. Il a eu quelques amies, mais rien de bien sérieux, du moins de durable, jusqu'ici. Il n'a donc pas encore rencontré l'âme sœur. Les copines ont l'air de défiler mais il n'a pas trouvé la bonne, celle qui le rendra heureux dans la durée et digne d'être la mère de ses enfants. Il profite donc pour le moment du tennis, de sa jeunesse et de sa liberté.

Notre deuxième garçon se nomme Théo. Il a tout juste vingt ans. Le travail scolaire lui a toujours semblé fastidieux et hors de portée. Il n'aimait pas rédiger, se battait avec l'orthographe et la grammaire, fuyait les mathématiques qui lui couraient après, et se montrait réfractaire aux langues vivantes qui le rebutaient. En revanche, il avait une passion lui aussi : l'escalade. Une activité découverte à la montagne avec un moniteur agréé à l'âge de dix ans lui avait servi de révélation. Depuis son coup de cœur, il en faisait toutes les semaines en salle et autant que possible en extérieur pour se perfectionner. Depuis qu'il conduit, il va même fréquemment en forêt de Fontainebleau et préfère passer ses vacances à la montagne qu'à la mer, du moins là où se trouvent les pics rocheux, les falaises, les montagnes à gravir. Quant aux études, il a trouvé une solution : très habile de ses mains, il suit une formation en tant qu'apprenti vitrier. Son formateur apprécie son sérieux, son assiduité et sa dextérité. Théo est ravi d'apprendre son métier sur le terrain aux côtés de personnes expérimentées soucieuses de transmettre leur savoir. La formation a le mérite de lui faire, en outre, gagner un peu d'argent et de déboucher, sauf erreur grave commise, sur une embauche définitive. Le métier a de l'avenir et les artisans, dans ce domaine, ne sont pas si nombreux. Le chômage ne le guette donc pas. Il a une ribambelle de copains, « ses potes » comme il les appelle. À eux tous, ils forment une joyeuse bande qu'on appelle chez nous « La bande à Basile » bien qu'aucun ne porte ce prénom ! Ils se séparent rarement, optant régulièrement pour des activités communes. Il n'est donc pas surprenant qu'en dehors des bowlings, des escape games et autres jeux « fun » de leur âge, beaucoup se soient lancés dans l'escalade aux côtés de notre Théo. Par contre, les aventures amoureuses ne s'enchaînent pas comme avec Clément : peu d'amies tournent en orbite autour de lui. Il ne nous a pas encore présenté de copine puisqu'aucune ne paraît à l'horizon. Nous en avons déjà discuté avec mon mari, car j'avoue que ça nous soucie un peu. Il est beau garçon et pourtant très sociable. Nous nous demandons s'il ne s'autodévalorise pas à cause de ses compétences plus physiques et manuelles qu'intellectuelles… Ce serait totalement ridicule. Il a beaucoup d'adresse, de charme, et de nombreuses qualités par ailleurs. Il est plutôt boute-en-train et tout le monde apprécie son humour. D'accord, il n'a pas toujours un caractère facile, mais on s'en arrange. Depuis quelque temps, il nous parle d'une certaine Laura. Nous sommes vraiment contents mais nous n'avons pas encore eu la chance de faire sa connaissance. Ça viendra sûrement bientôt : j'ai hâte…

Avec Christian, nous avons fait le double choix du roi : deux garçons et deux filles. Si nous l'avions réellement voulu, nous n'y serions pas arrivés…

Notre troisième enfant est donc une fille qui s'appelle Sandra. Elle a dix-sept ans. Très studieuse, elle a toujours fort bien travaillé en classe. Elle se trouve en terminale dans une section musique études. Elle aussi avait eu un jour, très jeune, une sorte de révélation inattendue et plutôt surprenante. Je réalise seulement maintenant en évoquant tous ces souvenirs à quel point nos loisirs ont influencé les choix de nos enfants. Alors que nous étions allés assister à un concert de musique classique avec Clément et Théo, Sandra a été conquise par « La Flûte enchantée » de Mozart : elle n'avait que quatre ans et trouvait ce morceau particulièrement beau. Elle m'avait demandé le nom de l'instrument qui avait joué momentanément en solo. Il s'agissait de la flûte traversière. Elle voulait en jouer. Nous l'avons donc inscrite à la rentrée suivante au conservatoire municipal où elle a commencé à apprendre le solfège dans les classes d'éveil musical. Dans les ateliers de présentation des différents instruments de musique, elle a maintenu son choix. Nous sommes donc allés lui chercher, dans l'année qui a suivi, une flûte traversière en location-vente et la lui avons achetée trois mois plus tard, déduction faite du prix des trois mois de location à l'essai. En effet, elle adorait son instrument et avait fait des progrès particulièrement rapidement. Son professeur s'en étonnait. Nous, plus encore. Elle jouait tous les soirs les petits exercices qui lui étaient donnés à travailler, plus des petits morceaux, simples mais fort jolis, au bout de peu de mois. Il nous a fallu admettre, presque d'emblée, qu'elle était douée. Sandra avait indéniablement une oreille musicale et des facilités exceptionnelles. À chaque fin d'année, son professeur organisait une audition avec l'ensemble de ses élèves. Sandra jouait souvent plusieurs morceaux, parfois même accompagnée au piano. Elle participait à des quatuors aussi. Nous étions fascinés par son aisance, sa motivation, sa joie, et surtout par la pureté de ses sons. Elle jouait divinement et régalait toujours le public admiratif. Très vite, son professeur, ravi de s'occuper d'une élève brillante et enthousiaste, lui a demandé de participer à des concours où nous l'emmenions le week-end. Notre fierté s'avérait immense d'autant plus qu'elle remportait fréquemment le premier prix dans sa catégorie et des cadeaux fort sympathiques. Elle rayonnait de bonheur. Nous étions tous comblés. Elle participait alors également à l'orchestre d'harmonie. Son plaisir était alors intense, le nôtre, immense. Sandra a très vite souhaité faire de la musique son métier. Elle y a donc consacré de plus en plus de temps. Après le concours d'entrée dans les classes musicales du conservatoire national de région de Saint-Maur-des-Fossés, son niveau n'a jamais cessé d'augmenter. Elle a donc décidé de faire des études musicales, musique études plus exactement et s'y est lancée. Elle s'y trouve encore à ce jour.

Nous l'écoutons toujours avec autant de joie au cœur. Elle compte bien vivre de sa passion. Elle travaille donc très dur pour parvenir à l'excellence. Elle se montre très exigeante envers elle-même, considérant qu'il est toujours possible de se perfectionner. Il n'est pas étonnant que Sandra s'entoure d'amis musiciens, filles et garçons, qu'elle retrouve désormais dans plusieurs orchestres, d'harmonie et philharmonique notamment. Elle grandit physiquement et musicalement…

Notre benjamine se nomme Clara, elle est en troisième au collège. À quinze ans, elle fait déjà jeune femme. Mince, élancée, très fine, elle redoute de voir souvent les regards se poser sur elle : elle est indéniablement très jolie. Depuis de nombreuses années, elle fait de la gymnastique acrobatique. Son port altier lui octroie une démarche assurée, très élégante. Elle exécute au sol, sur la poutre ou aux barres asymétriques des enchaînements fort complexes avec une grâce naturelle et une aisance quasi inégalable à son âge. Sa légèreté, cumulée à sa souplesse, lui confère une agilité hors du commun. Ses prouesses ont été remarquées : elle passe donc également des concours depuis quelque temps. Dire que ses amies sont pour la plupart gymnastes ne sera pas une surprise. Elle a, par ailleurs, ses meilleures amies au collège, celles qu'elle connaît parfois depuis l'école maternelle et qui lui sont chères.

Clara, à certains égards, me ressemble. Je pense très honnêtement que sa souplesse ne vient pas de moi : je suis raide comme un piquet, il m'aurait été impossible de donner la vie à un tel élastique ! (Je sais ce que l'on peut supposer : que son papa a également participé à la génétique et qu'il lui a sans doute transmis cette faculté. Eh bien, non, je peux l'assurer : Christian, plutôt enrobé, un peu ventripotent, n'a rien d'un sportif. Il n'est pas plus souple qu'un manche à balai !)

En revanche, le goût de Clara pour l'écriture provient sûrement de l'intérêt qu'elle a toujours porté aux poèmes que j'écrivais et écris encore, depuis qu'elle est entrée à l'école primaire. Je ne compte pas, non plus, les histoires que je lui ai lues le soir dès le plus jeune âge et les très nombreux livres et albums qu'elle m'a fait acheter, une fois lectrice ! Je lui ai peut-être ainsi étrangement transmis mon penchant pour la littérature.

J'ai toujours été étonnée, quel que soit son âge, par sa facilité à rédiger : des phrases, des textes, des rédactions, des beaux poèmes… Contrairement à ses aînés, je suis certaine que Clara adorera au lycée les dissertations et la philosophie. Cela ne fait déjà aucun doute.

De façon surprenante, elle écrit bien, facilement, rapidement, et sans fautes d'orthographe. Difficile à croire, je sais : pourtant il le faut. Je sais qu'en tant que mère, je ne peux que me montrer fière de mes enfants et en parler avec subjectivité. Mais pour l'orthographe, je parle en toute objectivité : n'importe qui peut le constater…

Là encore, sans me vanter, je n'y suis sans doute pas pour rien. Les fautes d'orthographe que je constatais chez ses aînés me rendaient folle. J'essayais bien, à l'époque, de leur rappeler les règles de grammaire ou d'accord, les conjugaisons, mais ils m'écoutaient tous sans intérêt, d'une oreille distraite. On ne fait pas boire les ânes qui n'ont pas soif !

Clara était différente, de ce point de vue-là. Elle savait combien les fautes d'orthographe m'horripilaient. À l'école primaire, elle m'a réclamé des dictées… Je sais, c'est incroyable et pourtant véridique. Sans doute cherchait-elle à me plaire, à me satisfaire… Le plus fort c'est que mes explications entraient par une oreille et ne ressortaient pas de l'autre ! Elle en tenait compte et se les remémorait en cas de besoin sans aucune difficulté. Elle appliquait ce qu'elle apprenait et retenait. Elle m'écrit donc depuis très longtemps de très beaux poèmes à l'occasion de mon anniversaire ou de la fête des Mères. Elle sait combien je les apprécie.

Sans fautes en plus, ou si peu : une véritable bénédiction… Je les lis toujours avec beaucoup d'émotion…

Parfois, il nous arrive de composer des poèmes ensemble. Cela nous plaît à toutes les deux. Je lui apprends ainsi plusieurs techniques d'écriture : ce sont des petits secrets communs qui nous amusent. Nous aimons bien faire de jolies surprises en déguisant les mots et en jouant avec les syllabes ou les rimes. Par exemple, pour le dernier anniversaire de Théo, j'avais commencé à écrire un poème dont toutes les dernières syllabes permettaient de composer le mot ES CA LA DE. Elle avait trouvé l'idée originale. Du coup, sur mon modèle, après que j'aie composé les deux premières strophes, elle avait composé, seule, les deux dernières. Sur la carte d'anniversaire de Théo, alors que Christian, Clément et Sandra avaient chacun écrit un petit mot gentil, nous avions l'une après l'autre écrit ce poème signé de nous deux :

Il y a longtemps, lorsque j'ai passé mon cap**es**,
Je voyais la vie remplie de nombreux tra**cas**.
Je savais que Christian me donnerait le **la**
Et serait près de moi pour m'apporter son ai**de**.

Je me suis donc lancée dans la vie sans par**esse**.
Du périlleux futur je ne faisais plus **cas**.
J'ai eu raison, la vie m'a souri jusque-**là**.
Toi, Théo, tu as beaucoup de camara**des**.

Avec eux, tu escalades tout sans faibl**esse**.
Des hauteurs et des difficultés, tu ne fais pas **cas**.
Tu brilles dans ta discipline avec éc**lat**.
J'admire dans ton sport toutes tes aptitu**des**.

Tu franchis tous les murs avec une belle adr**esse**.
Tu prends à peine le temps de manger un en-**cas**.
Les rochers ne te font pas peur, ici ou **là**.
Tu grimpes avec aisance. Vive l'esca**lade** !

En débutant le poème, j'escomptais montrer à Théo que si, pour ma part, j'avais eu besoin de son père pour affronter tous les problèmes de la vie, lui, pour le moment, semblait se voir épaulé par de nombreux amis, toujours là pour le soutenir et l'entourer. Clara, en écrivant la fin du poème, avait tenu à souligner l'agilité de son grand frère pour grimper et escalader des barres rocheuses, sans jamais aucune appréhension.

Son aisance et sa rapidité à écrire les deux dernières strophes en respectant la consigne que je m'étais fixée s'avéraient franchement surprenantes. Clara, visiblement, aimait autant que moi jouer avec les mots. À nous deux, nous faisions le bonheur des cartes de la famille. Elle avait d'ailleurs adoré celui que je lui avais écrit pour ses quinze ans, elle l'avait trouvé rigolo : chaque vers contenait un maximum de fois la même lettre et en assemblant les lettres, on pouvait découvrir des mots qui la qualifiaient :

Adorable et belle **Clara** que j'**a**ime **a**dmirer.	A
Je te regarde grandir toujours gracieuse,	G
Docile, fragile, pas difficile, délurée,	I
Une jolie fille qui évolue, délicieuse.	L
Toutes tes amies envient ta beauté déclarée.	E
Tu donnes l'image d'une jeune femme rieuse.	E
Toutes tes pirouettes folles sont inespérées.	T
Ta souplesse, ton assurance, les rendent curieuses.	S
Elles ont honte parfois, je les entends jurer.	O
Contre leur nullité, elles se sentent furieuses.	U
Pourtant, elles peuvent prouver qu'elles arrivent à gérer.	P
Je les trouve admirables, agiles, consciencieuses,	L
Étonnamment douées, je peux leur assurer.	E

Clara avait ainsi eu le plaisir de lire : agile et souple… Elle avait été ravie.

Clara, je dois l'avouer, a un statut un peu à part puisqu'il s'agit de la petite dernière que j'ai, en outre, entièrement élevée.

Nous avons passé, de fait, beaucoup de temps ensemble. J'ai forcément un peu déteint sur elle… Elle a également été la plus chouchoutée puisque nous nous en sommes tous occupés depuis sa tendre enfance, la plus gâtée aussi, il faut le reconnaître.

Cette succincte présentation de ma petite famille prouve combien, à eux tous, ils m'ont bien occupée depuis de nombreuses années avec leurs activités respectives et variées, leurs goûts, leurs besoins, leurs envies. L'enseignement, dans ma vie, était devenu de trop. Lorsque j'attendais Clara, le col de l'utérus a commencé à s'ouvrir prématurément, j'ai dû m'arrêter assez tôt. Les médecins m'interdisaient d'effectuer les milliers de trajets en voiture, entre autres, qui risquaient de me faire accoucher avant l'heure. J'ai donc dû demander de l'aide à tous les grands-parents (tous partis, depuis, vivre à l'étranger), à d'autres parents de jeunes du même âge pratiquant la même activité, voire des voisins ou amis ! La dépendance pesante que j'ai fini par ressentir m'a poussée à arrêter l'enseignement au profit de l'épanouissement de mes enfants. Christian gagnait fort bien sa vie, nous pouvions nous le permettre. Il m'aurait été difficile de poursuivre sur ce rythme endiablé sans y laisser ma santé de toute façon. J'avais pris sérieusement en compte les diverses alertes de mon organisme réclamant un peu de repos et de calme. Je savais que je n'arriverais plus sereinement à tout mener de front avec quatre enfants, dont un nouveau-né. Christian travaillait comme un fou, à l'époque, et ne pouvait consacrer du temps à ses enfants que le week-end, et encore, lorsqu'il en avait la possibilité : il passait malheureusement beaucoup de temps sur les mails non lus pendant « les horaires de bureau » qu'il ne comptait déjà pas ! Rivé des heures sur son ordinateur, il devait répondre aux mails, préparer les réunions, résoudre les problèmes qui lui remontaient, répondre aux appels. Deux parents investis pleinement dans leur travail : cela ne semblait plus possible. Nous avons fait un choix et avons tous gagné en qualité de vie. J'ai ensuite pu faire les choses dans l'ordre, calmement, tranquillement, sans m'épuiser et en offrant à chacun ce qu'il attendait de moi. Je pouvais les projeter peu à peu dans un avenir sain et plaisant : celui qu'ils avaient choisi pour leur vie d'adulte.

Chapitre 3

Mes enfants ont donc eu la chance, après la naissance de Clara, de toujours, ou presque, pouvoir compter sur moi, mon aide, ma présence, mon réconfort, mon accompagnement. Ils ne s'en plaignent pas d'ailleurs. Je les fais manger de façon équilibrée, je cuisine beaucoup de légumes, de produits frais. Je leur prépare, sans vouloir me glorifier, de bons petits plats et de délicieux desserts, des gâteaux notamment. Tous nourris, blanchis, aux petits soins.

D'accord, ils apprécient Mac Do, mais de temps en temps, raisonnablement. Nous avons trouvé, j'estime, des compromis qui satisfont tout le monde. C'est bien. Il ne faut pas les priver à l'adolescence des kebabs et autres pizzas qui les régalent, sous risque d'affronter une rébellion ! Si Clément a quitté la maison, il vient encore très souvent. Je cuisine donc toujours en quantité également.

Son frère et ses sœurs me donnent encore bien du travail, du souci aussi. Je cours encore partout, surtout pour Clara et toutes ses compétitions de gymnastique (chez l'orthodontiste aussi). En vieillissant, je suis plus inquiète et plus fatiguée qu'avant. J'ai peur qu'elle tombe, se fasse mal, qu'elle gère mal son emploi du temps et sous-estime son travail scolaire. Mais je ne dis rien. Je l'accompagne de mon mieux. Sandra, pour sa part, est fort bien encadrée dans son cursus. Je n'ai, de ce côté-là, pas de souci à me faire. L'angoisse, c'est plutôt qu'elle ne trouve pas de travail après ses difficiles et contraignantes études musicales. Les postes de professeur ne sont pas souvent vacants dans les conservatoires. Quant aux concerts, sans connaissances dans le milieu pour l'introduire, je crains le pire. Je me questionne souvent sur l'avenir, même si le passé m'a offert beaucoup de bonheur et d'innombrables satisfactions. C'est ainsi. La ménopause me travaille sûrement aussi. La preuve : d'incommodantes bouffées de chaleur m'indisposent régulièrement. Il y a pire, ce n'est pas méchant. L'essentiel reste pour moi de pouvoir faire un bilan aussi positif de mon premier demi-siècle écoulé. Avec Christian, nous formons un couple stable, fidèle, et nous nous aimons toujours autant. Nous avons fondé une belle et heureuse famille. Nous nous reposons l'un sur l'autre pour traverser les difficultés lorsqu'elles se présentent. Nous savons même désormais que nous serons toujours là l'un pour l'autre pour nous soutenir quoiqu'il arrive. Enfin, je le suppose, je l'espère... Peut-on jamais être sûr ? La vie reste précaire : nous ne sommes jamais à l'abri d'une vilaine maladie ou d'un accident qui nous l'ôte brutalement. Je me dis souvent que les impondérables ne surviennent pas que chez les autres ou dans les films. Personne n'est à l'abri, quel que soit son sexe, son âge, son métier. Les humains sont tous égaux devant la maladie : elle peut malheureusement toucher n'importe qui, n'importe où, n'importe quand...

Je ne sais pas pourquoi j'en suis venue à de tels propos bien pessimistes alors que je ne parlais que des joies familiales qui nous réjouissent. Juste un éclair de lucidité pour mieux profiter de ce présent qui nous comble. Quand tout va bien chez soi, on n'apprécie jamais assez…

Comme je l'avais évoqué, les enfants nous ont fait une superbe surprise pour clôturer agréablement ce premier demi-siècle heureux et fructueux de notre vie. C'est Clément qui a tout organisé et planifié avec une belle complicité dans la fratrie. Afin que je ne prépare pas le dîner du 22 juin, jour anniversaire de nos noces, Théo m'a demandé de ne rien lui garder pour le repas du soir, ce jour-là, car il pensait manger avec des amis du groupe d'escalade. Sandra m'a parlé d'une répétition tardive pour un quatuor et Clara m'a dit qu'elle mangerait et dînerait chez sa meilleure amie, Elsa. Vers dix-neuf heures, Clément est arrivé avec une bouteille de champagne à la main en s'écriant « Vive les quinquagénaires ! » accompagné par le chœur uni de son frère et de ses sœurs. J'ai d'emblée compris qu'il y avait anguille sous roche puisque le programme de chacun se trouvait visiblement modifié… Nous avons trinqué les uns avec les autres pour nos cinquante ans. C'était bien plaisant. Ce que je ne savais pas, c'est que Christian avait été mis dans la confidence et qu'il m'avait acheté une parure avec collier, bracelet et boucles d'oreilles en or blanc, pour mes cinquante ans… Pour le coup, je ne m'attendais pas à tant de joie et de gâteries. De mon côté, j'avais préparé un petit poème où le mot amour revenait sans cesse. Je l'avais fait lire à Clara : elle l'avait trouvé mignon. Christian l'a trouvé touchant :

Mon bel amour sage, mon bel amour de toujours,
Amour du passé déjà longuement vécu,
Amour du présent dont je profite chaque jour,
Amour des lendemains qui vaut or ou écus,

Cet amour durable mérite un long détour,
Amour inlassable, résistant, invaincu,
Cet amour, chacun l'envie partout alentour.
À toutes les difficultés, il a survécu.

Pour nos cinquante ans remplis d'amour, en particulier avec mon Christian, la surprise ne s'est pas arrêtée là : les enfants avaient réservé une table dans notre restaurant préféré au bord de la Marne, le soir même, à vingt heures. Nous nous y sommes rendus tous les six, le sourire aux lèvres. Pour cette grande occasion, le patron nous avait réservé une table d'honneur, joliment décorée avec des fleurs et des bougies. Il nous a même offert l'apéritif, petit clin d'œil aux habitués que nous étions… Bien sympathique accueil… Ce dîner mémorable me fait encore sourire. J'étais si heureuse au milieu de cette merveilleuse petite famille que nous avions fondée avec Christian. Je trouvais que les enfants avaient fait des folies en nous invitant ainsi. Lorsque nous les avons remerciés chaleureusement avec Christian, ils nous ont sorti une enveloppe surprise ! Nous leur avons demandé de quoi il s'agissait : ils ont répondu en nous disant que c'était à nous de le découvrir… Ils nous avaient offert, en plus, deux places pour aller voir un opéra. C'est Sandra, bien sûr, qui l'avait choisi : Carmen, de Bizet, avait été l'élu de son cœur. Décidément, ils étaient tous trop mignons… Le cœur en fête, avec Christian, nous les avons tous embrassés en les serrant fort dans nos bras. Nous étions des parents comblés. Ce demi-siècle s'est ainsi terminé, il y a quelques jours, dans une bien joyeuse euphorie…

Chapitre 4

Le nouveau demi-siècle qui démarre s'annonce de bon augure. Nous nous rendons tous, cet après-midi, dans les jardins de la ville pour écouter le concert de l'harmonie dans lequel joue Sandra. Tous les ans, nous nous y retrouvons à l'occasion de la fête de la musique afin de bénéficier du programme musical préparé et répété tout au long de l'année : un régal certain pour le public, toujours enchanté et conquis. La météo s'annonce clémente, nous avons beaucoup de chance : le concert pourra avoir lieu en extérieur. Après le déjeuner, Sandra va revêtir sa belle tenue de concert, en noir et blanc, comme elle aime. Quelle que soit la tenue qu'elle choisit, nous la trouvons toujours ravissante. Nous sommes tous si fiers d'elle. Le plus remarquable, dans notre belle histoire familiale, c'est que nos enfants s'entendent tous à merveille. Il n'y a jamais eu entre eux aucune jalousie. Ils ont chacun leur passion et ils s'admirent mutuellement. Je crois qu'ils s'aiment tous les quatre sincèrement. Avec Christian, nous avons toujours veillé à les valoriser pareillement : à chacun ses goûts, à chacun sa réussite, à chacun son mérite…

Aujourd'hui, nous mettons Sandra à l'honneur, un autre jour, ce sera Clément, Théo ou Clara. Chacun à leur tour, ils bénéficient de leur heure de gloire. C'est bon pour le moral et l'ego de chacun. Ils ont ainsi une bonne estime d'eux-mêmes : elle les conduit à toujours progresser et donner le meilleur de leurs talents respectifs. Pour nous, en tant que parents, ce n'est que pur bonheur. Souvent, je me dis que nous avons une méga chance, une chance inouïe. Ils se sont toujours entraidés, les plus âgés guidant les plus jeunes, les plus jeunes écoutant les conseils de leurs aînés. Ils ont toujours eu entre eux une évidente complicité. Ils incarnent le rêve de tous les parents. Nous profitons d'eux à chaque instant, hier comme aujourd'hui. Je dirais presque que nous formons une famille idéale, celle dont on rêve dans tous les foyers : des parents qui s'aiment, une fratrie sans conflits, sans disputes, sans rivalités. C'est fou à dire mais c'est ainsi. Pourvu que ça dure, c'est la seule chose qui nous reste à espérer…

Le concert auquel nous assistons ce jour nous envoûte. Nous nous laissons emporter par les torrents de notes qui se jettent ensemble dans les flots de la mélodie : à chaque concert, nous savourons cette harmonie de sons, de phrasés, de rythmes, de nuances qui, ensemble, nous font vibrer. Nous suivons, comme par enchantement, les remous de cette rivière sensuelle de sonorités. Le mouvement nous emmène dans cette cascade de noires, de blanches, de croches et doubles croches mélangées, qui nous transporte. Les notes se rejoignent avec fluidité comme les gouttes qui forment l'eau. C'est juste beau…

À la fin de chaque morceau, les musiciens sont applaudis avec ferveur. L'enthousiasme est palpable. À la fin du concert, les salves d'applaudissements exigent un rappel. Les musiciens reviennent, acclamés par la foule en liesse. Ils jouent à nouveau pour le plus grand bonheur de tous. Toute notre petite famille s'est levée aux côtés du public ravi qui voudrait encore pouvoir s'évader encore un moment en musique… Nous profitons, nous savourons. Quelle allégresse !

Sur le chemin du retour, après ce superbe concert, pendant que Sandra boit un verre avec les autres musiciens, je donne à Clara une idée de poème pour sa sœur à l'occasion de son anniversaire qui approche : nous allons ensemble lui écrire une poésie qui peut aussi bien se lire entièrement dans la foulée, qu'un vers sur deux en partant du premier. Clara trouve l'idée marrante. Nous nous y lançons à peine arrivées à la maison, pendant que nos sens sont encore sous l'effet entraînant de la musique. Comme nous avons pris l'habitude de le faire, j'écris les quatre premières strophes et Clara les quatre suivantes. Comme toujours, elle m'épate : elle n'a que quinze ans. Elle comprend tout instantanément et s'exécute, avec joie, dans l'instant, sans vraiment réfléchir :

Lorsque tu joues, Sandra, de la flûte traversière,
Je me vois transportée, vraiment émerveillée.
Tu apaises les esprits les plus en colère.
Tu sais, avec les notes, les égayer.

Tu parviens, avec une telle facilité,
À m'emmener dans un tout autre univers,
À me calmer les nerfs quand je suis excitée,
Quand tout semble compromis et part de travers.

Je reste subjuguée par ton habileté,
Quand tu joues vite, avec ta belle aisance,
Tu m'émeus avec une grande sincérité,
Tu me fais bouger, m'entraînes dans la danse.

Tu bouches les petits trous avec dextérité.
Tes doigts se retrouvent en action permanente.
Les notes fusent avec une telle célérité.
Tu aimes jouer tous les morceaux andante.

Ta musique me fait vibrer intensément.
Tu la vis avec une si intense passion.
Elle me réjouit ou m'attriste naturellement.
Elle suscite, en tout cas, de vives émotions.

En t'écoutant, je suis parcourue de frissons,
Enjouée et subjuguée par ton immense talent.
Je t'entends et te suis à perdre la raison,
Que le son soit fort ou doux, rapide ou bien lent.

Ton corps accompagne sans cesse la musique.
Tu la ressens sûrement au plus profond de toi.
Tes gestes s'avèrent intenses, totalement physiques.
Ton pouls, ta respiration, suivent tes émois.

Quel que soit le morceau, quel que soit le moment,
Ton expression se veut forte, vraie, magique.
Je t'observe très impressionnée, si fièrement.
Tu es née pour vivre avec, par, pour la musique.

Pour le plaisir, Clara s'amuse à relire le poème un vers sur deux :

Lorsque tu joues, Sandra, de la flûte traversière,
Tu apaises les esprits les plus en colère.
Tu parviens, avec une telle facilité,
À me calmer les nerfs quand je suis excitée.
Je reste subjuguée par ton habileté,
Tu m'émeus avec une grande sincérité.
Tu bouches les petits trous avec dextérité.
Les notes fusent avec une telle célérité.
Ta musique me fait vibrer intensément.
Elle me réjouit ou m'attriste naturellement.
En t'écoutant, je suis parcourue de frissons,
Je t'entends et te suis à perdre la raison,
Ton corps accompagne sans cesse la musique,
Tes gestes s'avèrent intenses, totalement physiques.
Quel que soit le morceau, quel que soit le moment,
Je t'observe très impressionnée, si fièrement.

Clara s'avère contente et fière du résultat. Il ne reste plus qu'à
acheter à Sandra un nouveau CD de sa collection préférée
« Grands classiques » qu'elle écoute si souvent. Son
anniversaire sera réussi.

Chapitre 5

Même si tout semble avancer chez nous comme sur des roulettes, il me faut, malgré tout, souvent face faire à bien des problématiques que je n'ai bien sûr pas encore évoquées jusqu'ici. Pour ne citer que les principales qui me viennent à l'esprit : fractures et entorses diverses suivies de rééducation pour Clara qui se réceptionne mal parfois dans ses enchaînements risqués, extraction des dents de sagesse et autres soucis médicaux annexes, gynécologiques, urologiques ou dus à la puberté, et nécessitant parfois des interventions. Je n'oublie pas les périodes de virus contaminant toute la famille comme la grippe ou la gastro-entérite, sans parler des bronchites et angines, les grands classiques rébarbatifs que traversent plus ou moins toutes les mamans de la terre, mais qu'il faut affronter en récupérant les cours manqués, s'ils surviennent en période scolaire. Bref, chez nous, comme dans tous les foyers, la vie n'est pas un long fleuve tranquille. Pourtant, je ne me plaindrai pas, d'une part, parce que j'ai choisi d'élever plusieurs enfants, d'autre part, parce que nous avançons solidaires, enfin parce que nous ne faisons pas face à des problèmes irréversibles pour le moment. Personne n'est à l'abri, mais pour l'instant, nous n'y sommes pas confrontés. Encore une fois, pourvu que ça dure...

Christian m'inquiète quand même parfois : son énorme charge de travail cumulée à un emploi du temps surchargé, sans parler des responsabilités et du stress qui en découlent, pourraient bien globalement le mener au burn-out. Il gagne bien sa vie, certes, mais il le mérite car il n'a, pour le coup, guère le temps d'en profiter. Il fait de son mieux pour tout assumer : boulot, soucis, enfants, famille, amis. Il m'impressionne parfois. Je me demande comment il tient ce rythme effréné, en dormant si peu, sans s'écrouler. Lui non plus ne se plaint pas : il a réalisé tout ce qu'il voulait concrétiser ou atteindre. Ce sont toutes nos satisfactions respectives, je crois, qui nous rendent invariablement heureux malgré tous les impondérables et les vicissitudes de notre vie. Quelque part, nous obtenons les récompenses que suscitent nos investissements.

En parlant des tâches qui m'incombent justement, je réalise qu'il me faut conduire Clara à un entraînement pour une compétition qui aura lieu le week-end prochain. Nous irons bien sûr tous ensemble l'encourager et la soutenir : notre présence reste capitale à ses côtés dans les efforts. Je dirais même plus : elle est gage de réussite. D'ailleurs, elle nous en sait gré. Je sais que le regard qu'elle nous porte, à chaque fois, avant de s'élancer au sol ou dans les airs, représente une prise de confiance en elle : elle sait que nous faisons corps avec elle par la pensée et le cœur. Elle se sent alors plus forte, plus invincible. Un regard, c'est peu, et pourtant, c'est beaucoup.

En rentrant, après l'avoir accompagnée et avant de retourner la chercher au gymnase, je prépare le dîner. Le soir, chez nous, on ne peut guère parler de repas en famille car chacun vaque à ses propres occupations et prend le train en route quand il le peut. Christian se trouve bien souvent dans le dernier wagon, le pauvre...

Sur le chemin du retour, Clara me parle de son entraîneur : il l'a félicitée et a attiré son attention sur les points qui restaient à améliorer. Globalement, elle est assez contente de ses performances. Je m'en réjouis. Elle pense pouvoir obtenir une bonne place au classement samedi. C'est génial. Je suis toujours étonnée de la voir aussi confiante. Son assurance m'apparaît toujours surprenante. Moi, généralement, j'ai plutôt conscience que je peux échouer, que rien n'est joué, qu'on peut forcément faire encore mieux. Je doute souvent de moi. Clara est systématiquement optimiste, moi, plutôt réaliste : je n'aime pas sombrer dans la désillusion. Alors je préfère partir plus pessimiste et me réjouir dans la surprise. Chaque individu a ses propres façons de fonctionner, de voir les choses. Elle ne le sait pas encore mais, quelle que soit sa performance samedi prochain, je la récompenserai, comme je le fais souvent avec mes grands, juste en guise d'encouragement, de consolation, ou au mieux de félicitations. Je lui ai acheté le justaucorps de ses rêves, bien cher, qu'elle a remarqué dans un magasin de sport spécialisé et qui lui va si bien. Je le lui offrirai avec un petit poème qu'elle appréciera très certainement. J'ai utilisé une technique d'écriture que je ne lui ai pas encore apprise : les premières syllabes de chaque vers forment une phrase qui se répète… Elle va adorer… J'aime tellement cette complicité que la poésie a créée entre nous ! Le message qu'elle va découvrir dans ce poème va forcément l'émouvoir et l'attendrir :

Prouesses fantastiques comme tu sais les faire,
Vertigineuses, fabuleuses, extraordinaires…
Mon admiration à chaque fois tu reçois,
Avec l'immense fierté que, sans doute, tu vois.
Mourir d'inquiétude fait aussi partie du jeu.
Pourquoi cette peur qui tenaille mon ventre en feu ?
Toi, tu ne crains ni les barres ni la poutre, rien.

Prouver ton immense talent te fait tant de bien.
Vertu de la nature qui t'a donné la grâce.
Mon seul souci est qu'un jour la gloire passe
Avec une grave blessure irréversible.
Mourir de chagrin serait la seule issue possible
Pour quelqu'un qui, jamais, ne pourrait s'en remettre.
Toi, tu aimes le risque et veux tout te permettre.

Prouver ton incroyable, ton étonnante souplesse,
Véritable don assumé sans aucune sagesse.
Mon cœur s'emballe à chaque fois qu'en l'air tu planes.
À la frayeur, à l'angoisse, tu me condamnes.
Mourir de peur et de joie est mon quotidien
Pour partager ces moments forts qui sont les tiens.
Toi, tu excelles brillamment, moi, je tremble.

Clara, tu sais combien je t'aime, il me semble.
Ramène ta raison sur terre, reste prudente.
Je te souhaite le bonheur, pas d'être souffrante.
Tes enchaînements au sol, si beaux, si parfaits,
Me donnent le vertige, t'offrent le succès.

Clara sera sans aucun doute émue en découvrant ce que j'ai souhaité écrire : « Prouver mon amour pour toi » (trois fois) et « Clara, je t'aime » (phonétiquement). J'ai tellement hâte d'être à samedi pour voir sa réaction… En attendant, nous rentrons dîner.

Une fois à la maison, j'appelle Sandra et Théo afin qu'ils viennent à table. Théo me prévient qu'il sort le lendemain soir avec Laura et ne dînera pas avec nous. Je souris. Je suis ravie pour lui. Alors que nous en sommes au fromage, le téléphone sonne, cela me surprend, il se fait déjà tard. J'entends :

— Mme Hortolly ?

— Elle-même.

— Désolé de vous déranger. Capitaine Favard de la brigade des pompiers du Plessis Trévise. Nous revenons d'une intervention assez inhabituelle. J'ai une nouvelle pas vraiment agréable à vous annoncer. Il s'agit de votre fils Clément.

En entendant le nom de mon fils, mes jambes se dérobent sous moi. Je suis dans tous mes états. Je me demande trop ce qu'il tarde ainsi à m'annoncer. Je l'écoute, alors que mon cœur s'emballe : je suis en panique. En quelques dixièmes de secondes, j'imagine tout ce qu'il est susceptible de m'annoncer. C'est horrible : il a fait un arrêt cardiaque en jouant au tennis, il s'est ouvert le crâne en se heurtant à la chaise haute de l'arbitre, il s'est étouffé en avalant de travers... Je suis tout ouïe et les dixièmes de seconde me semblent interminables. Pourquoi met-il autant les formes ? Ce doit être très grave... Je crains le pire.

— Allo ? Vous êtes toujours là ?

— Oui, évidemment.

— Voilà, votre fils a eu un accident de voiture, Rien n'est sûr pour le moment, mais il semblerait qu'il ait pu s'endormir au volant.

— Il est vivant ? je demande péniblement, les sons ne parvenant plus à sortir de ma gorge nouée.

— Oui, nous l'avons conduit à l'hôpital le plus proche, rassurez-vous. La prise en charge a été rapide parce que quelqu'un nous a de suite appelés en apercevant de très loin l'accident.

— Dans quel état est-il ?

— Je ne saurais me prononcer pour le moment. Il a dû subir bon nombre de radios et d'examens. Mais le pronostic vital n'est pas engagé. Les médecins vous feront eux-mêmes le bilan.

— Dans quel hôpital l'avez-vous conduit ?

— Il a été amené à l'hôpital de Brie-sur-Marne. Les policiers vont faire une enquête pour expliquer les circonstances de l'accident qui a été assez violent. L'airbag qui a fonctionné lui a certainement sauvé la vie. Sa voiture a percuté un arbre, il roulait assez vite vraisemblablement.

— Quelqu'un d'autre se trouvait dans le véhicule ?

— Non, il était seul dans la voiture. La seule chose que je peux vous dire pour l'instant, c'est que ses jambes n'ont pas été protégées. Nous l'avons extrait difficilement de la voiture. Nous avons été très prudents et aussi rapides que possible.

— Il est fracturé ?

— Les médecins vous donneront de plus amples et précises informations sur son état de santé. Je ne voudrais pas vous induire en erreur.

— Je comprends. Je me rends sur le champ à l'hôpital. Merci de m'avoir appelée.

— C'est lui qui vous a donné mon numéro ?

— Oui, il était coincé dans la voiture, souffrait terriblement mais était conscient lorsque nous l'avons dégagé. Il était dans un sale état, très choqué, mais a pu nous parler. Il a réussi à nous donner votre numéro.

— Très bien. Merci encore. Dans quelle chambre pourrai-je le trouver ?

— Allez directement aux urgences, je pense qu'il s'y trouve encore. Les médecins vous guideront. Bon courage.

— Merci. Au revoir.

Lorsque je raccroche, je tremble. L'émotion est forte. J'ai si peur… J'appréhende tellement…

Je mets le restant de la famille au courant. Tous sont choqués par la nouvelle et tiennent à m'accompagner. Eux aussi sont impatients d'avoir des nouvelles. Nous ne serons pas de trop, je pense, je n'en mène pas large, j'aurai besoin d'eux le temps que Christian me rejoigne. Je l'appelle et le mets au courant. Lui aussi se met dans tous ses états. Il abandonne son travail dans la minute qui suit. Quelle angoisse ! Quelle inquiétude ! Les émotions me submergent, les larmes me viennent, je n'arrive pas à les contenir… J'essaie de me reprendre, c'est trop difficile… J'inspire et j'expire profondément comme on m'a appris au yoga… Il va me falloir faire face…

Théo a pris le volant, c'est préférable, j'ai les jambes en coton. Inutile de chercher un deuxième accident…

Chapitre 6

En chemin vers l'hôpital, personne ne parle dans la voiture. Nous ne savons pas encore ce qui s'est réellement passé, ni comment nous allons trouver Clément. Nous avons tous une boule au ventre, les mains moites, la gorge serrée et les idées qui se bousculent. Nous sommes pleins d'interrogations. Nous voudrions avoir au plus vite des réponses. La fatigue du soir aidant, nous n'avons que plus d'appréhensions, nous broyons du noir. Mais nous gardons l'espoir : peut-être n'y a-t-il que des dégâts matériels sans importance, les traumatismes sont sans doute opérables, après tout, Clément était conscient après l'accident... Si seulement il pouvait y avoir eu plus de peur que de mal...

Plus nous approchons de l'hôpital, plus la tension monte. Nous sommes tous si inquiets, tellement tendus. En arrivant sur le parking, j'aperçois la voiture de Christian qui est arrivé avant nous, il y a peu de temps sans doute. Nous nous garons et nous précipitons dans le hall d'entrée des urgences. Je cherche Christian des yeux, en vain. Alors je demande à une dame à l'accueil s'ils ont réceptionné un Clément Hortolly arrivé avec les pompiers. La dame qui constitue les dossiers d'entrée me répond positivement. Elle me précise qu'il a été pris en urgence et qu'il faudra venir la voir pour lui apporter la carte vitale et les papiers de mutuelle afin de faire la demande de prise en charge ainsi que le dossier nécessaire pour l'admission. Qu'est-ce qu'on s'en fiche pour le moment ! Je lui demande où Clément se trouve, à quel endroit je peux aller le voir. Elle me demande d'attendre et téléphone. Deux minutes après, elle me dit qu'il se trouve encore en cours d'examens médicaux mais qu'il intègrera ensuite la chambre 126 au premier étage. Nous nous y rendons et y retrouvons Christian. Lui qui d'ordinaire ne quitte pas son smartphone pour le boulot est assis sur une chaise, stoïque, soucieux : il se morfond. Il nous explique que son moral en a pris un coup depuis le premier retour d'une jeune infirmière. Apparemment, le cas de Clément est grave mais elle n'a pu s'avancer sans certitude. Le corps médical se chargera du bilan explicatif. Alors nous attendons, en nous rongeant les sangs. Après un long moment interminable, nous voyons arriver un grand blond en blouse blanche, accompagné de deux femmes, l'une en blouse blanche, l'autre en tenue de ville. Ils se dirigent droit sur nous. C'est le grand blond qui s'adresse à nous en premier :

— Monsieur et Madame Hortolly ?

— Oui, nous sommes les parents de Clément.

Nous sommes si inquiets… Nous avons l'impression de manquer d'oxygène, d'avoir le souffle court.

— Pouvez-vous me suivre s'il vous plaît, sans vos enfants, si possible. Nous serons plus tranquilles pour parler.

Nous acquiesçons et le suivons. Les enfants vont attendre dans le couloir près de la chambre 126. J'avoue que je suis de plus en plus stressée. Lorsque les médecins nous prennent ainsi dans des petites salles à part, ils se préparent généralement à ne pas annoncer de bonnes nouvelles. Qu'allons-nous apprendre ? Je jette un regard à Christian pour prendre quelques forces. Il est contracté comme rarement, incapable de me rassurer. Il tente une moue crispée qui ne m'aide aucunement.

— Asseyez-vous, je vous en prie, dit le grand blond. Je suis le docteur Martin, je vous présente le docteur Lacourt et la psychologue attachée à notre service, Madame Dard.

Il attend que nous ayons pris place. Nous le regardons fixement, sans ciller, avides d'informations. Nous peinons même à dire bonjour tant l'anxiété nous a démolis. Il s'exprime alors ainsi :

— Votre fils a eu un accident de voiture comme vous avez dû en être informés par les pompiers. Les circonstances de cet accident ne sont pas encore totalement définies : le rapport de police nous éclairera bientôt sur ce point plus précisément. Nous pensions au départ que votre fils s'était endormi au volant. La prise de sang effectuée révèle d'ores et déjà une absorption d'alcool qui aurait dû le conduire à ne pas prendre le volant, malheureusement. Il a parlé aux pompiers, lorsqu'il était choqué, d'un chat. Nous pensons, sous toute réserve, qu'il a dû chercher à éviter un chat et a dévié de sa route avant de percuter un arbre. Ses temps de réaction se trouvant diminués, cumulés à une mauvaise évaluation des distances, l'ont très certainement conduit à l'accident. Il faisait nuit en plus, la mauvaise visibilité n'a rien dû arranger.

— Pouvez-vous nous dire s'il vous plaît dans quel état il est ?

— J'y venais. Ce que j'ai à vous annoncer ne va pas être facile à entendre.

Cette fois, je ne respire plus. Il poursuit :

— Votre fils a perdu l'usage de ses jambes. L'airbag a bien protégé le haut du corps et la tête. C'est le bas du corps qui a tout pris.

Les larmes montent. Elles forment un delta sur mes joues. Mon corps se liquéfie. L'émotion me submerge. Je saisis brutalement les conséquences qui vont découler de ce drame dans la vie de Clément. Mon Dieu, il a vingt-deux ans ! Il va se retrouver en fauteuil roulant... Plus de tennis. Plus d'entraînements. Plus de compétitions ni de rencontres amicales. Plus de cours à donner. Plus de petites copines qui défilent. Juste des difficultés. Juste des problèmes pour se déplacer. Juste une perte d'autonomie. Juste une vie qui bascule. Juste un avenir qui s'éteint. Juste un cauchemar vivant... Juste l'horreur brutalement !

Christian, lui aussi, ne se sent pas bien. Lui, qui est d'ordinaire si solide, s'effondre à mes côtés. Aucun de nous deux ne parvient vraiment à croire que nous sommes dans la réalité. Et pourtant... Il nous faut admettre l'évidence. Elle est si dure, si brutale, si inacceptable. C'est terrible. Un sursaut de courage m'envahit et j'arrive à prononcer quelques mots, dans une folle quête d'espoir :

— Il ne pourra jamais remarcher ?

— Malheureusement non. J'imagine ce que vous ressentez. Je me mets à votre place. Je comprends que vous soyez retournés. Personne n'est jamais préparé dans une vie à devoir faire face au handicap.

Non, il n'imagine pas, non, il ne ressent pas le désespoir qui nous envahit, non, il ne peut pas se mettre à notre place. Il faut le vivre pour appréhender cette douleur qui traverse chaque cellule de notre corps, il faut le vivre pour comprendre combien il devient difficile d'affronter le présent et d'oser envisager l'avenir. Sur son propre fils, avec la vie entière devant lui, c'est différent, bouleversant, traumatisant. La colère, à présent, m'envahit. Pourquoi lui ? Pourquoi maintenant ? Pourquoi un jeune ? Pourquoi si bêtement ? Si seulement nous pouvions remonter le temps, changer son emploi du temps, l'empêcher de prendre le volant après avoir consommé de l'alcool…

À son tour, Christian demande abattu :

— Aucune intervention n'est possible ?

Cette fois, c'est le Docteur Lacourt qui prend la parole :

— Lorsqu'il s'agit d'une lésion qui se situe au niveau de la moëlle épinière comme dans le cas de votre fils, il n'y a malheureusement pas de traitement réparateur. L'accident a causé une interruption irréversible au niveau de la moëlle épinière, laquelle est à l'origine de sa paraplégie, c'est-à-dire une paralysie des deux jambes et du bassin.

Je demande en m'essuyant les yeux :

— Est-il au courant ? Le lui avez-vous annoncé ?

— Votre fils était en état de choc lorsqu'il nous a été amené. S'il avait réussi à répondre très sommairement aux pompiers dans le trajet jusqu'ici, il nous a semblé préférable de le sédater. Il doit reprendre des forces et beaucoup dormir afin d'appréhender au mieux les résultats que nous allons devoir lui communiquer.

La psychologue prend la parole cette fois :

— Pour ne rien vous cacher, nous essayons de voir actuellement comment vous réagissez. Le cas de votre fils n'est malheureusement pas isolé, nous avons déjà dû faire face à cette situation plusieurs fois. Votre fils ne sait encore rien des conséquences de son accident. Nous essayons de voir si vous êtes assez forts pour le lui annoncer vous-mêmes ou s'il est préférable que nous nous en chargions. La nouvelle va être accablante et insurmontable dans un premier temps. Il faut donc lui faire comprendre la situation en douceur, en prenant le maximum de précautions. Votre fils va être accompagné psychologiquement car le bouleversement de sa vie pourrait le conduire à une dépression majeure. La situation s'avère évidemment pénible et cruelle pour vous-mêmes. Nous allons également vous accompagner pour faire face à sa nouvelle dépendance. Mais Clément va avoir besoin de réconfort et d'optimisme : toute la difficulté va résider dans le fait de positiver la situation. Or, vous n'en êtes, pour le moment, pas capables. Le choc est trop grand, trop fort, trop déstabilisant.

La psychologue s'interrompt un instant et reprend :

— Sans doute préférez-vous que nous lui annoncions en prenant soin de ne pas le bousculer, petit à petit, doucement ?

Christian essaie de répondre, je suis si émue, je n'en ai pas la force :
— La vérité est si pénible à annoncer. Comment ne pas être brutal ? Comment ne pas le faire souffrir ? Je ne sais pas, je suis perdu.

La psychologue reprend la parole :

— Le choc est grand, lourd et pesant pour vous, il le sera également pour lui. Je ne suis pas là pour vous mentir : les débuts seront difficiles et nous allons suivre votre fils de très près. Il va devoir apprendre à vivre avec son handicap. Mais sachez que si vous arrivez à positiver la situation, vous, en tant que parents, vous aiderez Clément et apaiserez sa souffrance. Clément va certainement passer par des étapes qui ne seront pas linéaires, qui peuvent aussi se chevaucher, auxquelles nous allons vous

51

préparer : le déni, la colère, la dépression, l'acceptation. Autrement dit, il va passer par une phase de choc, de sidération, puis par une phase de désespoir et de désorganisation pour parvenir, avec du temps, à une phase d'acceptation et de reconstruction. En tant que parents, vous allez devoir vous montrer forts et l'accompagner de votre mieux. Vous allez l'aider à trouver une place favorable dans sa nouvelle vie, à bâtir son nouvel avenir. Il faudra du temps, beaucoup de temps, mais vous y parviendrez car vous l'aimez : vous serez donc patients, constructifs, motivants.

Notre détresse et notre désarroi sont immenses, mais les propos de la psychologue ont eu un impact sur nous, indéniablement. Elle a réussi à atténuer notre affect pour stimuler notre raison. Elle a trouvé les mots justes pour nous responsabiliser dans notre rôle de parents, un rôle important, capital, primordial. Oui, nous allons faire face, oui, nous serons là pour lui, oui, nous allons optimiser ses chances de retrouver un jour le sourire. Nous ferons tout ce qui est en notre pouvoir pour qu'il retrouve le goût de vivre, même s'il doit vivre assis. Consciente de l'impact que nous aurons sur le moral de Clément, je demande :

— Que suggérez-vous pour lui annoncer finalement ?

— Le mieux, dit la psychologue, serait, je pense, de lui parler ensemble. Il va avoir besoin de votre soutien, sans aucune restriction, à l'annonce du bilan médical. Vous ne serez pas de trop, bien au contraire. Mais il faudra vous contrôler car votre peine risque d'accentuer la sienne et d'aggraver la situation.

— Nous ferons pour le mieux, je lui dis, en essayant d'inspirer profondément.

— Nous tâcherons d'être exemplaires, ajoute Christian.

Nous savons pourtant, l'un et l'autre, que ce sera très dur.

— Et pour les frères et sœurs ? Que nous conseillez-vous ?

— Vous allez devoir les mettre au courant en choisissant les bons mots. Ils vont tous avoir du mal à accepter, il le faudra pourtant. Eux aussi devront épauler leur frère, lui offrir le plus grand soutien. Mais ils ne doivent pas le prendre en pitié. Ils doivent au contraire apporter leur pierre d'achoppement à la reconstruction. Votre famille, dans un premier temps, va se trouver déboussolée. Mais vous verrez qu'avec du temps et de l'amour, la boussole retrouvera le nord. Aujourd'hui, il semble préférable que les frères et sœurs fassent juste un passage éclair avec de gros bisous à leur frère, sans avoir été mis au courant. Il ne faut pas que Clément ressente d'emblée leur angoisse, leur peine, leur effondrement. Vous parlerez longuement avec eux avant leur prochaine venue lorsque nous aurons mis Clément au courant ensemble. Nous allons procéder par étapes, en douceur. Nous parlerons à Clément lorsqu'ils seront retournés dans le couloir. Nous leur dirons juste que le nombre de personnes est limité dans la chambre.

— D'accord, je dis en tâchant de reprendre une certaine contenance, même si je me sens complètement anéantie. Je suis totalement cassée mais ne dois pas le montrer. Je fais des efforts surhumains, il le faut, pour Clément, pour les enfants. Je dois dédramatiser, même si cela me paraît impossible. Il le faut, vraiment.

La tâche qui nous incombe être loin d'être évidente. Il va falloir que je prenne beaucoup sur moi, à commencer par faire cesser ce torrent de chagrin qui m'inonde. Je sors un mouchoir et sèche mes larmes. Christian me tient par l'épaule : un tout petit geste pour une précieuse aide.

Chapitre 7

C'est ainsi, que du jour au lendemain, juste à cause d'une soirée festive, un peu arrosée, la vie de Clément a basculé, la nôtre avec, indirectement. Lorsque Clément a appris que la suite de ses jours se ferait en fauteuil roulant, il a hurlé, si fort que tout le service de l'hôpital l'a entendu. Son cri, je l'entends encore, il hante mes nuits, m'oblige au réveil fréquemment : je suis alors en sueur, la panique au ventre, angoissée, anxieuse. Le cauchemar revient souvent. À moi aussi, il va me falloir du temps. Les enfants ont réagi avec un grand cœur : tous solidaires, prêts à rendre la vie plus facile à Clément, toujours auprès de lui quand ils le peuvent pour l'aider, lui rendre service. Ils ont été vraiment très perturbés au début. Mais ils ont réagi admirablement. Je les ai trouvés très mûrs, très forts, adoptant des attitudes parfaites, réfléchies et bien adaptées. Avec Christian, nous avons acheté un fauteuil léger, performant, facile à manier, électrique. Clément s'y habitue mais il ne cesse de pleurer. Après le choc, il traverse, comme nous l'avait dit la psychologue, une phase dépressive. Il a commencé un traitement dont nous attendons beaucoup de fruits. Il est revenu vivre à la maison. Nous avons dû faire quelques travaux d'aménagement : l'accès à la porte d'entrée ne se fait plus par un escalier mais par une pente inclinée accessible en fauteuil, plusieurs encadrements de portes ont été élargis et les portes remplacées, notamment celle de l'entrée, celle de la chambre de Clément qui, fort heureusement se trouvait au rez-de-chaussée, celle des toilettes et de la salle de bain du rez-de-chaussée. Dans notre malheur, nous avons eu de la chance : nous n'avons pas eu besoin de déménager. Nous n'avions nullement besoin de perdre encore d'autres repères. Par ailleurs, nous bénéficions d'une aide à domicile pour la toilette. Nous ne manquons pas d'argent, cela nous aide bien évidemment.

Le club de tennis qui employait Clément lui a proposé de s'occuper non seulement de la trésorerie, mais aussi de l'organisation des tournois et de toute la partie administrative. Son emploi chez Intersport se trouve maintenu : les infrastructures permettent l'accès aux personnes handicapées, c'est vraiment bien. Le souci, c'est que Clément est loin encore d'être prêt à affronter les regards, loin aussi de pouvoir reprendre le travail. Nous laissons le temps au temps. Il doit déjà retrouver l'estime de lui-même, s'accepter tel qu'il est désormais, et reprendre confiance en lui. Pour le moment, il se déteste, hait son fauteuil, refuse la vie assise. Le quotidien n'est guère évident. Il y a quelques jours, il m'a avoué que le plus dur restait l'abstinence : plus de vie sexuelle, plus de petites copines, plus d'avenir globalement, plus de rencontres possibles. « Jamais je ne me marierai, je vais rester vieux garçon, paralysé, au crochet de mes parents », m'a-t-il dit. Lorsque je lui ai soutenu qu'il se trompait, il a piqué une colère pleine de rage, pleine de chagrin. Il s'est élancé contre un mur, j'ai eu si peur. Le fauteuil a pris un méchant coup mais lui, heureusement, n'a rien eu. Le fauteuil a été réparé depuis.

Un autre jour, alors qu'il se trouvait en proie à une crise de larmes épouvantable, il m'a dit que le soir de l'accident, il avait un peu bu avec une jeune femme charmante qu'il revoyait depuis plusieurs fois et dont il était tombé amoureux, vraiment cette fois. Il était si triste en me racontant sa soirée à ses côtés, heureux à l'époque, persuadé d'avoir rencontré, enfin, la femme de sa vie. Elle s'appelait Ilona.

Je me suis empressée de lui demander si elle l'avait appelé depuis. « Bien sûr qu'elle a essayé de me joindre, de très nombreuses fois, mais je n'ai jamais décroché. À quoi bon ? Pour lui expliquer que je suis infirme désormais, que je ne la ferai jamais jouir », m'a-t-il dit. J'étais toute chamboulée. J'avais du mal à répondre, à argumenter. Pourtant, j'essayais toujours de lui prouver qu'il était peut-être dans l'erreur : « lorsqu'on aime vraiment, on accepte tout de l'autre. On fait des sacrifices, même dans un couple classique », je lui ai dit. Je lui ai même suggéré de la contacter dans un premier temps pour lui parler, lui expliquer, voir sa réaction : peut-être l'aimait-elle éperdument et se fichait pas mal qu'il vive assis ou debout ? Là, il a juste secoué la tête, l'air de dire que je délirais, que je racontais n'importe quoi. Je me suis promis que si, un jour, le nom d'Ilona s'affichait sur son téléphone, devant moi, je le sommerais de répondre.

En attendant, je le gâte, lui achète de beaux vêtements, un parfum qu'il aime, des livres, des revues, des CD, un nouvel ordinateur : il se fiche pas mal de tout ça. Il me fait si mal au cœur. Ce dont il rêve vraiment, je ne peux le lui rendre. Je sais qu'il a coupé les ponts avec ses copains parce qu'il a honte. Alors j'ai contacté ses amis proches, les vrais, les plus proches, ceux qu'il connaît depuis longtemps et que, par le fait, je connais bien aussi. Je leur ai parlé. Ils ne savaient pas ce qui s'était réellement passé : Clément leur avait raconté qu'il partait vivre chez une amie en Espagne, ils l'avaient cru. Nous sommes donc en train de lui préparer une petite surprise. « Il faut que Clément sache que l'amitié ne se casse pas à cause d'un fauteuil roulant, bien au contraire » m'ont-ils affirmé. Ils ont donc décidé de lui redonner goût à la vie. Avec Christian, nous nous sentons moins seuls à présent. Clément ne le sait pas encore mais ils vont l'emmener voir un tournoi international de tennismen en fauteuils roulants. Ils voudraient lui redonner le goût du tennis. Ils ont raison : ce n'est pas parce que Clément ne se déplace plus debout qu'il a perdu son coup de raquette. Il sait toujours lober, slicer, faire des amortis, de beaux services, des coups droits et des revers du tonnerre. Il était bien classé, ne l'oublions pas. Nous fondons beaucoup d'espoir sur cette idée géniale de ses copains. Certes, il pourrait mal réagir, mais le jeu en vaut la chandelle. Qui ne tente rien n'obtient rien. Or, nous n'avons rien à perdre, mais beaucoup à gagner. Son frère et ses sœurs se sont cotisés pour lui acheter une super nouvelle raquette dernier cri. Avec Christian, nous espérons vivement qu'il va mordre à l'hameçon, auquel cas nous achèterons un fauteuil sur mesure réalisé exprès pour les champions de tennis dans son cas. Il pourrait même poursuivre ainsi les tournois et son classement... Moi aussi, j'ai besoin d'espoir. J'ai envie de rêver, d'avancer, je voudrais tellement le voir heureux. C'était mon unique but en lui donnant la vie. Je n'ai pas l'intention de changer d'objectif...

Chapitre 8

La vie dans la maison a changé, mais elle ne s'est pas arrêtée. Chacun met du sien mais chacun a besoin de sa passion pour avancer, pour s'évader, pour oublier un moment. La seule différence c'est qu'on en parle moins, voire qu'on ne l'évoque pas du tout, pour l'instant. Aucun de nous n'ose faire part de ses joies devant Clément. Pourtant, je sens qu'il en a besoin. Nos satisfactions sont devenues un peu les siennes. Mais c'est délicat. Nous le ménageons encore beaucoup. Clément ne le sait pas non plus, mais j'ai contacté Ilona. J'ai demandé aux copains s'ils la connaissaient. Ils l'avaient rencontrée une fois et l'un d'eux connaissait son adresse puisqu'il avait dû passer la chercher en voiture avec Clément. Ils ont donc récupéré son numéro de téléphone et je l'ai appelée : elle était vraiment triste, persuadée que Clément l'avait « plaquée » pour une autre… Elle m'a émue alors que je ne la connaissais même pas ! Elle avait l'air adorable. J'ai décidé de lui parler ouvertement. Elle m'a alors dit qu'elle était désolée pour lui mais qu'elle éprouvait de vrais sentiments à son égard. Elle était même joyeuse de savoir qu'il n'était pas épris d'une autre et que son cœur restait toujours à prendre… J'étais soufflée, je n'en revenais pas… Une fois encore, je n'avais rien eu à perdre mais tout à gagner : ma démarche se trouvait récompensée. Je lui ai fait part du projet de ses copains. Elle a trouvé l'idée géniale et m'a dit qu'elle assisterait alors également au tournoi, pour le revoir. Elle m'a confié qu'elle avait, en revanche, peur de sa réaction à lui et qu'elle espérait ne pas se voir rejetée.

Clément, grâce aux antidépresseurs qui font désormais effet, pleure un tout petit peu moins, mais son moral reste au plus bas : j'ai trop hâte de voir arriver ce tournoi…

Chapitre 9

Un soir, alors que Sandra se trouve à une répétition de l'harmonie, Clara, à un entraînement de gymnastique et Clément, sous la douche avec l'aide à domicile, Théo vient me trouver. Il me dit avoir très mal au ventre et ne pas se sentir bien. Je le questionne alors comme je le faisais lorsqu'il était plus jeune : « Tu as mangé quoi ce midi ? As-tu la diarrhée ? Es-tu constipé, ballonné ? Depuis quand as-tu mal ? Est-ce que tu as mal au cœur, envie de vomir ? Y a-t-il la gastro dans ton entourage ? ». Je le trouve bizarre : la douleur qui le crispe sans doute... Il n'ose pas me regarder dans les yeux, il a l'air contrarié. Je me dirige vers l'armoire à pharmacie pour prendre un antispasmodique. Je lui dis que nous traversons tous à la maison un cap difficile et compliqué. Je lui avoue avoir souvent aussi l'estomac qui se noue actuellement : trop de tracas, la peur de l'avenir, le souci de bien faire. Tandis que je l'imagine également perturbé par la situation difficile de Clément qui accepte mal son handicap, il se tourne enfin vers moi et me dit :

— Maman, il faut que je te parle. C'est important. J'ai mal au ventre mais je sais pourquoi.

— Tant mieux, je lui dis, quand on a l'explication, on a le remède.

Là, il prend une grande inspiration et se lance :

— Tu sais, ça fait très longtemps que je te parle de Laura.

Je souris, je sens qu'il brûle d'impatience de me la présenter mais je présume qu'il n'ose pas. Il poursuit :

— Eh bien Laura, je l'ai inventée, elle n'existe pas. Je sais qu'en ce moment tu n'es pas forcément au top avec les problèmes de Clément, mais il fallait que je te le dise. Je n'aime pas mentir. J'ai l'impression que je n'y arrive pas, en plus. Je me sens coupable, je vis mal. Jusqu'ici, je n'ai pas eu le cran de t'en parler.

— Quelle importance que tu n'aies pas encore de petite amie ? Ça viendra un jour, il faut tomber sur la bonne personne et parfois ça prend du temps.

— En fait, j'ai un copain depuis longtemps, j'en suis sincèrement amoureux. Il tient autant à moi que moi à lui. En fait, quand je te dis que je vais voir Laura, je vais retrouver Karl. Il est allemand, il a mon âge. Il est venu en France à cause du travail de son père, précise-t-il les larmes aux yeux. Il est visiblement ému.

— D'accord, mon grand. Il n'y a pas de mal à cela. Pourquoi ne m'en as-tu pas parlé plus tôt ?

— Ce n'est pas facile. On a peur d'être jugé, repoussé, mal aimé. Ce n'est pas si simple d'annoncer quelque chose qui peut déplaire à ceux que l'on aime et que l'on veut satisfaire.

— Je comprends. Tu sais, autant que nous sommes, nous restons des êtres humains avec des sentiments qui se doivent d'être respectés. Les sentiments ne se commandent pas. L'amour est une drôle d'alchimie bizarre qui s'impose à nous. C'est ainsi. Personne n'a le droit de te juger, encore moins de te rejeter, tu m'entends.

— C'est vraiment ce que tu penses ?

— Aussi vrai que je te le dis. Une maman aime ses enfants plus que tout. Elle veut les savoir heureux, épanouis, contents de vivre. Je ne souhaite que ton bonheur, quel qu'il soit. Pourquoi voudrais-je te bannir ? Je te perdrais. Or, j'espère le meilleur pour toi. J'ai besoin de partager un peu de ma vie avec toi. Personne n'est éternel. Il faut profiter du temps qui passe comme on l'entend. Chacun a ses goûts, ses passions, ses propres choix. Heureusement ! Ce respect s'appelle le droit à la liberté. Personne n'a le droit de te l'ôter à partir du moment où tu ne fais de mal à personne. Quand on aime, on ne fait pas de mal, que je sache. Bien au contraire.

— Tu sais Maman, ça me fait du bien de t'entendre parler comme ça.

— Je ne dis toujours que ce que je pense.

— Tu m'aimes toujours autant ?

— Bien évidemment ! Quelle question stupide ! Tu es mon fils ! (Je le serre dans mes bras.) Le fait que tu aimes Karl ne change rien pour moi, strictement rien. Au fait, Karl s'écrit avec un C ou un K ?

— Un K. Tu sais, il est très gentil. Je suis sûr qu'il te plaira.

— Ça, je ne peux pas savoir encore. Il faudra que tu nous le présentes.

— En fait, Maman, je voudrais que cela reste entre nous.

— Tu as peur de la réaction de la famille ? Tu sais, ton père est un homme tolérant, ouvert d'esprit, sinon je ne l'aurais pas choisi. Il ne serait pas mon mari à l'heure qu'il est, encore moins ton père. Il comprendra sans problème, j'en suis certaine.

— J'ai tellement peur de le décevoir…

— Ne t'inquiète pas pour sa réaction. Il t'aime autant que moi. J'avoue que le secret est un peu lourd à porter pour moi toute seule, tu comprends…

— D'accord alors, mais n'en parle ni à Clément ni aux filles.

— Comme tu l'entends.

— Merci, Maman. Je me sens un peu soulagé. Je vais aller m'allonger.

— Tu as toujours aussi mal au ventre ?

— Un peu.

— Prends quand même ce comprimé, il ne pourra que te soulager.

— Entendu.

Théo avale son cachet avec un verre d'eau et m'embrasse avant de quitter la cuisine dans laquelle nous nous trouvions. Je l'embrasse chaleureusement aussi. Je ne lui ai pas montré, mais je suis quand même un peu secouée. La surprise a été grande. C'est perturbant. Moi qui l'imaginais avec une jolie petite jeunette qui m'aurait fait de beaux petits enfants... En fait, son homosexualité ne me dérange pas. J'étais sincère en lui disant que son bonheur m'importait avant tout. Ce qui m'inquiète c'est plutôt d'avoir à le cacher. Je suis d'un tempérament naturel et spontané, j'ai peur un jour de gaffer. Quand je donne ma parole, on peut compter sur moi. C'est une question de loyauté, de confiance.

Je m'interroge aussi pour les éventuels enfants qu'ils pourraient vouloir élever, un jour, avec Karl : ces jeunes n'auraient pas le schéma classique du papa et de la maman, mais un modèle masculin uniquement. Est-ce si important en fait ? Et qu'est-ce qu'un modèle au final ? Un modèle différent reste un modèle à partir du moment où il montre un bel exemple : celui d'une personne respectueuse des autres, bienveillante, qui distribue partout de l'amour autour d'elle, chaleureuse, prête à aider son prochain. N'est-ce pas cela un beau modèle humain ? L'essentiel pour bien grandir n'est-il pas d'être aimé, choyé, accompagné, aidé, valorisé ? Entourer son enfant de son mieux est le véritable rôle d'un parent, quel qu'il soit. Un enfant ne préfère-t-il pas avoir deux parents heureux du même sexe, qui s'occupent bien de lui et vieillissent plaisamment, que deux parents de sexes différents qui se haïssent, se disputent à longueur de temps, s'insultent, se déchirent et finissent un jour par divorcer ? Un enfant a besoin de voir, autour de lui, amour, bienveillance, joie et paix pour s'épanouir.

Le vrai problème, c'est comme pour Clément : le regard des autres, ce regard déstabilisant que l'on perçoit quand on se sent différent. (Qu'est-ce que la différence d'ailleurs ? Où commence-t-elle ? Où finit-elle ? Est-elle réelle ? Ne sommes-nous pas tous des êtres vivants avec un cœur, un esprit, une raison, une mémoire, des sentiments, des émotions, une vie sociale ?) Comme on ne sait pas ce que les autres pensent, on se méfie, on a peur de ressentir de l'animosité, de la haine, de la raillerie. Ce que l'on redoute le plus ce sont les moqueries et la méchanceté. Mon pauvre Théo : pour lui aussi, la vie en société ne sera pas facile. Il y a les gens tolérants et les autres. Ce sont ces autres qui sont à craindre, ces autres qui sont à blâmer. C'est à cause d'eux qu'il n'ose pas se montrer tel qu'il est et qu'il n'ose pas avouer son homosexualité. Il est si beau à l'intérieur, avec un grand cœur. Dire qu'il avait même peur de ses propres parents... Cela me peine... Moi, je l'aime tel qu'il est. J'espère par contre que ce Karl est quelqu'un de bien, quelqu'un qui ne le fera pas souffrir, qui sera là pour le soutenir et l'épauler dans les difficultés, comme dans un couple quelconque. Cela me semble important en revanche.

Le soir, lorsque j'en parle à Christian, une fois que tout le monde est couché, il me dit ne pas être surpris. Il y avait pensé mais n'avait aucune certitude. Il prend la nouvelle du bon côté puisqu'il me dit : « Il vaut mieux qu'il soit heureux avec un homme plutôt que malheureux avec une femme qui le tromperait, le quitterait ou lui ferait du mal par exemple ». Je suis bien de son avis. Si mon fils est heureux, moi aussi. Il ne m'en faut pas plus. Mais pour le moment, avec Clément, ce n'est pas gagné… Il a toujours le cœur bien triste.

Chapitre 10

Ce matin, la psychologue qui suit Clément m'a téléphoné et fait part de son souhait de le voir reprendre le travail désormais. Il semble qu'il ait besoin d'une activité pour éviter de « ruminer » et de « se lamenter sur son sort » : ce sont les expressions qu'elle a employées. Dans son cas, elle préconise d'avoir au maximum l'esprit occupé pour ne pas sombrer dans le désespoir et pouvoir s'orienter vers un avenir constructif. À mon avis, c'est prématuré : Clément, je le pense, n'est pas encore prêt à reprendre ses activités. Mais sans arrêt de travail de la part du médecin, il risque de perdre son emploi. Son absence non justifiée représenterait une démission par abandon de poste. Elle a l'intention de venir discuter avec lui cet après-midi même, pour le convaincre que sa reprise l'aidera. Pourvu qu'il ne pique pas une crise de colère. Il est devenu irascible ces derniers temps : il exprime sa rage contre sa pitoyable destinée qui lui fait horreur, je crois. Il se montre désagréable, hargneux et vindicatif. Il en veut à la vie, à son destin, à nous, à tout le monde, à lui-même. Il s'en veut tellement d'avoir pris le volant en état d'ébriété. Il regrette et ses remords le rongent. Il voudrait revenir en arrière et se voit projeté en avant, vers un futur qu'il appréhende, vers des lendemains qui ne lui conviennent pas. Mais il n'a pas le choix. J'ai essayé de lui parler, de le préparer :

il a détourné la tête, est parti dans sa chambre s'isoler. L'ambiance à la maison a tellement changé. Je donnerais bien tout l'or de la terre pour retrouver notre allégresse d'avant. J'espère que des jours meilleurs nous souriront bientôt.

Le souci c'est qu'il n'y a pas que Clément qui m'inquiète. Si je me suis fait une raison pour lui, je n'accepte toujours pas que Sandra fasse de la moto. J'ai remarqué, depuis l'accident de Clément, qu'un jeune garçon la ramène régulièrement à moto de ses répétitions. Il lui prête un casque, certes, mais elle ne porte pas de veste carénée au niveau du dos pour protéger sa colonne vertébrale. Je lui en ai parlé. Je lui ai même précisé que nous n'avions pas besoin d'un nouvel handicapé dans notre famille (sans que Clément puisse entendre, bien évidemment). Elle m'a dit que le trajet était vraiment très court. Je le sais, mais ce n'est pas une raison. Elle prend des risques inutiles. Je n'ai plus à aller la récupérer en voiture, cela me soulage, c'est vrai, mais cela me contrarie aussi. La fatigue me rend anxieuse. J'ai besoin de dormir en paix, sans angoisses supplémentaires. On a du mal à se faire obéir lorsque les enfants sont presque majeurs… Il n'est pas toujours évident de les voir grandir, s'éloigner de nous et de constater qu'ils ne tiennent guère compte de nos conseils… Pour les parents, ce constat est désarmant et préoccupant. Ça l'est pour moi, en tout cas, en ce moment. Je compte bien remettre le problème sur le tapis lorsqu'elle descendra dîner. (Là, elle s'entraîne pour ses derniers morceaux, fort beaux d'ailleurs.) Il faut que je parvienne à lui faire admettre qu'elle met sa personne et ses jours en danger. C'est mon rôle de maman : je suis là pour veiller sur eux, oui ou non ? Elle va encore s'énerver mais tant pis… Nous sommes tous un peu sur les nerfs depuis quelque temps.

J'aperçois par la fenêtre Théo en compagnie d'un jeune homme blond. Se serait-il décidé à me présenter Karl ? Je ne vais pas tarder à le savoir. Il ouvre la porte. J'entends :

— Maman, tu es là ?

— Bien sûr, je réponds.

— Cool, je te présente Karl, tu sais, l'ami dont je t'ai parlé.

— Enchantée, je lui dis. Bienvenue chez nous. Je peux te tutoyer, ça ne te gêne pas ?

— Pas du tout, au contraire.

— Si tu veux rester dîner avec nous, c'est avec plaisir.

— C'est vraiment gentil à vous, mais je ne voudrais pas vous déranger. Ma venue n'était pas prévue en plus, je suis venu les mains vides. Je ne pensais pas rester dîner. Théo voulait juste me montrer sa maison et sa chambre, sa famille aussi.

Je remarque d'emblée son accent allemand, bien qu'il parle un français parfait.

— Si je te le propose, c'est de bon cœur.

— Dans ce cas, j'accepte. Merci beaucoup, vraiment.

— Nous pourrons faire ainsi connaissance.

— Avec plaisir. Merci encore.

Théo lui fait visiter la maison et l'emmène dans sa chambre. Si je devais donner ma première impression, je dirais : charmant et poli... En entendant du bruit dans l'escalier, Sandra a cessé de jouer. Je l'entends qui descend et vient me trouver dans ma cuisine où je prépare le repas :

— Tu tombes bien, je lui dis, je voulais te reparler de cette histoire de moto.

— J'ai compris Maman, je ne suis ni bornée ni inconsciente. Martin va me prêter une veste renforcée de partout. Il en a plusieurs.

Je soupire. Cette fois, je ne sais plus quoi dire. Sandra poursuit :

— Maman, il faut que je te parle.

Oh non ! Je me demande toujours ce qui va me tomber dessus en ce moment !

Que va-t-elle encore pouvoir m'annoncer ?

— Est-ce qu'il faut que je m'assoie ? Rien de grave j'espère ?

— Je suis juste un peu inquiète parce que j'ai l'impression de moins bien entendre depuis quelque temps.

— Tu dois avoir un bouchon de cérumen qui s'est déplacé, du coup, ça te rend sourde. C'est classique, ça arrive souvent.

— Je ne suis pas complètement sourde.

— Oui, il t'empêche de bien entendre sûrement, voilà tout. La gêne vient des deux côtés ? Ça dure depuis longtemps ?

— J'ai l'impression qu'on m'a mis une petite sourdine des deux côtés, c'est léger mais pas récent. Ça ne me gêne pas pour jouer de la flûte, heureusement. Mais on dirait que ça s'accentue un peu. J'entends aussi parfois des bourdonnements, des sifflements. C'est assez bizarre.

— Rien de méchant à mon avis, ne t'inquiète pas. Le mieux est de prendre un rendez-vous chez l'ORL. Le docteur Richard va te déboucher tout ça, vite fait, bien fait. Après, tu seras tranquille. Tu veux que j'appelle ou je te donne son numéro ?

— Il vaut mieux que j'appelle, tu n'as pas mon emploi du temps.

— OK, alors, attends, je cherche… J'ai trouvé.

— Ça marche, j'appelle.

Sandra s'éloigne parce que je fais du bruit en cuisinant avec mon mixeur. Lorsqu'elle revient, elle me dit :

— Après-demain, à dix-huit heures trente, j'ai de la chance, ce n'est pas trop loin.

— Parfait.

Je continue à préparer mon dîner. Ils vont se régaler : j'ai préparé deux beaux melons, une ratatouille pour accompagner le thon et le riz. J'ai aussi confectionné une charlotte aux poires que nous mangerons avec un coulis de chocolat chaud. J'en ai l'eau à la bouche.

Mon portable sonne, je vais décrocher :

— Bonjour, tu vas bien ? ... Oui, oui, pas évident... Il devrait reprendre bientôt, enfin, je l'espère... Ah super ! Merci du fond du cœur, c'est noté... Vous êtes tous formidables... On fait comme ça, d'accord... Elle sera là aussi... Génial ! ... Impec ! À bientôt.

C'était Luc, l'un des bons amis de Clément. Je vais de ce pas directement noter la date du week-end du tournoi de tennis sur mon calendrier. Le premier week-end du mois prochain sera vite venu. Plus qu'une petite quinzaine à attendre. Les copains ont tout prévu, tout organisé, tout arrangé. Ils ont pensé à tout : les cours, le restaurant, l'hôtel. Tout est accessible pour les personnes se déplaçant en fauteuil roulant. C'est moi qui vais préparer son sac avec tout ce dont il aura besoin. Je le leur remettrai le moment venu. Ilona sera également présente. Je suis vraiment trop contente. Ce qui m'inquiète, c'est la réaction de mon fils. Clément est devenu imprévisible. Mais je sais juste qu'il ne pourra passer sa vie seul à nos côtés. Il a besoin de retrouver une vie sociale, des dérivatifs, des divertissements, des buts, des exutoires, des joies... Une vie quoi... Nous verrons bien. Ses amis sont des jeunes vraiment bien. C'est une chance dans son malheur. L'amitié peut le faire rebondir : c'est une force, une aide, un soutien. Elle peut conférer estime et affection simultanément. Elle peut donner à Clément, s'il l'accepte, bien évidemment, un nouveau départ. En fait, j'ose y croire fortement.

Hier midi, je l'ai surpris à converser sur son ordinateur. Il s'agissait d'un site de rencontres. Il était gêné. Je n'avais pas saisi, c'est lui qui me l'a expliqué. Je lui ai demandé si la correspondante le connaissait. Il m'a répondu « bien sûr que non, elle ne voit que mon visage et mon buste, je sais bien que je ne la rencontrerai jamais, mais j'ai besoin de parler avec des jeunes de mon âge, sans craindre que l'on rie de moi. »

Quelle tristesse ! Je lui ai expliqué que beaucoup de personnes le respecteraient et chercheraient à lui offrir leur aide. Mais il m'a avoué qu'il ne retiendrait malheureusement que les personnes, même peu nombreuses, qui, à l'inverse, lui feraient ressentir son infériorité, son handicap, son impuissance. Je lui ai alors parlé en ces termes :

— Des cons, il y en a partout malheureusement. Tu n'y peux rien. Il faut arriver à être plus fort qu'eux. Je sais, c'est plus facile à dire qu'à faire. Il faut les ignorer. Les gens bien, ceux qui ont du cœur, te regarderont et te parleront en s'imaginant à ta place : ils agiront comme ils aimeraient qu'on agisse envers eux en pareille situation. Rassure-toi, ils sont nombreux. Tu peux me croire. D'ailleurs, personne n'est à l'abri de se retrouver un jour dans ton cas. Ceux qui en ont conscience sont des gens réfléchis, intelligents. Ceux-là ne se moqueront jamais de toi, bien au contraire. Ils te considèreront comme n'importe quel autre homme.

— Un homme faible, en fauteuil roulant.

— Pourquoi faible ? Au contraire, tu dois montrer ton caractère, t'imposer, te faire respecter, te montrer fort.

— Et comment ?

— En donnant l'image de quelqu'un d'assuré, qui est déterminé, qui est prêt à se battre pour lutter contre les imbéciles. Ne t'écrase pas. Au contraire, redresse-toi.

— T'es drôle ! Je ne risque pas de les dépasser.

— En taille, non, mais en force de caractère, si.

À cet instant, la sonnette retentit. Je file ouvrir : c'est la psychologue. Elle vient, comme convenu, lui expliquer qu'il doit retravailler. Elle saura trouver les mots mieux que moi. Elle saura se montrer persuasive, lui expliquer le bien-fondé de sa reprise. Si seulement Clément pouvait s'avérer convaincu après leur entretien…

J'entends des éclats de voix dans sa chambre. La psychologue doit avoir du mal à lui faire entendre raison. Je respire profondément, j'essaie de lâcher prise. Ce n'est pas évident. Je suis tellement partie prenante de cette nouvelle vie. Lorsqu'enfin, elle ressort, au bout d'une demi-heure, elle me fait un clin d'œil : elle doit avoir réussi… Une vraie prouesse, je suis admirative : c'était loin d'être gagné…

J'expire longuement : mon Clément a du mal, mais il sait être raisonnable. Lui aussi m'impressionne. Il est si courageux…

L'heure avance. Il est temps que j'appelle tout le monde à table. Comme d'habitude, nous démarrerons, voire finirons, sans Christian. Avant de nous installer à table, Théo présente Karl à ses frères et sœurs. Ils font d'emblée connaissance. À leurs yeux, Karl n'est qu'un ami de Théo comme un autre, du moins pour le moment. Ce sera à eux d'assumer pleinement leur relation, un jour, lorsqu'ils seront prêts. Pour eux aussi, la vie ne doit pas être facile…

Karl m'apparaît comme un jeune homme simple, spontané, agréable. Je dirais même plus : attachant. Il nous ouvre facilement son cœur. Il est fils unique et nous explique qu'il a perdu sa mère jeune, d'un cancer du sein qui a été dépisté trop tardivement. Il raconte aussi qu'il est arrivé en France il y a trois ans pour le travail de son père, qu'il a des drones et s'amuse énormément avec, dans le jardin de sa maison. Il se confie à nous très facilement, comme si nous le connaissions depuis longtemps. Son accent allemand s'entend bien, mais il parle un français remarquable. Nous le complimentons. Je suis même étonnée car j'ai l'impression qu'il plaît bien à Clément. Lui, qui n'ouvrait plus la bouche à table lors des derniers repas, discute avec lui de choses et d'autres : de revues qu'ils ont lues tous les deux, de football, de cinéma. Clément doit se sentir en confiance et l'apprécier : c'est une bénédiction. Karl ne semble absolument pas gêné en sa présence non plus. Théo doit être si content. Ça me fait chaud au cœur. Les filles parlent un peu de musique et de gymnastique forcément. Karl s'intéresse et prend plaisir à découvrir chacun de nous. Je trouve même qu'il détend l'atmosphère, devenue un peu lourde ces derniers temps. Ça fait du bien. C'est donc tout naturellement, à la fin du repas, que je le réinvite une prochaine fois avec plaisir. Il a l'air heureux. Théo aussi.

Une fois qu'il est parti, Clément nous annonce qu'il va reprendre ses activités au magasin de sport et au club de tennis. Je bénis la psychologue ! Je suis ravie et me réjouis. En plus, le fameux tournoi approche…

Chapitre 11

Je n'ai pas vu passer la journée : repassage, courses, achats en magasins, lectures des mails, recherches sur internet, cuisine. Il est déjà presque dix-neuf heures. J'entends la clef dans la serrure : c'est Sandra qui doit revenir de son rendez-vous d'ORL.

— Maman ?

— Oui, chérie, je suis là.

— Il faut que je te raconte...

— Je t'écoute. Qu'a dit le docteur Richard ?

— Figure-toi que j'avais des bouchons mais qu'ils n'expliquent pas ma baisse auditive bilatérale.

— Ah bon ?

— Le docteur a une idée de la cause de cette baisse. Il dit que les acouphènes, les bruits que j'entends parfois, sont typiques de ce cas. Mais il ne veut aucunement se prononcer tant qu'il n'a pas effectué une série d'examens indispensables. Il en a fait plusieurs déjà. Il reste à faire un scanner pour s'assurer qu'il ne se trompe pas.

— Tu as noté lequel ? Tu as une prescription ? Il t'a conseillé un médecin, un lieu ?

— Je vais t'expliquer. Il a commencé par me demander s'il y avait des antécédents de ce type de problème dans la famille. Je lui ai répondu qu'à ma connaissance, il n'y en avait pas. Il a vérifié mes tympans après l'enlèvement des bouchons : ils étaient tout à fait normaux. Il m'a ensuite fait passer des examens audiométriques pour évaluer cette baisse auditive. L'audiométrie vocale a montré que j'entendais bien les paroles. Par contre, l'audiométrie tonale a mis en évidence une surdité de transmission avec des fréquences que je ne percevais pas. Il m'a fait ensuite une tympanométrie qui était normale aussi : d'après ce que j'ai compris, le tympan bouge normalement. Par contre, il a pu constater que j'avais une absence de réflexe, dont je ne me souviens plus le nom exact. J'ai pensé à Staps quand il en a parlé. C'est peut-être « stapédien » mais je n'en suis pas sûre.

— Et alors ?

— Je dois passer un scanner des rochers. Ce sont les os du crâne autour des oreilles. Il m'a fait une ordonnance et dit où appeler pour le faire. Demain matin, tu prendras le rendez-vous le plus proche. Il est trop tard ce soir. Dès que j'aurai fait le scanner, je dois reprendre rendez-vous pour lui montrer les résultats. J'aimerais bien que tu viennes avec moi.

— Bien sûr. Aucun problème. Je m'occupe de tout ça.

— Merci, Maman.

— Quoi de plus normal !

— Je monte poser mes affaires.

— Redescends juste après, nous allons dîner. Préviens Clément, Théo et Clara en même temps, s'il te plaît.

— Ça marche.

Ce soir-là, j'ai commencé à me demander ce qui pouvait bien se passer avec l'audition de Sandra. Je ne m'attendais pas à un tel bilan. Le docteur Richard doit avoir son idée. Nous serons bientôt informées… J'ai bien songé une fraction de seconde à regarder sur internet, mais la sagesse m'a fait abandonner cette idée stupide qui n'aurait servi qu'à m'angoisser inutilement, alors que le verdict du médecin sera peut-être rassurant. Nous serons fixées prochainement.

Nous avons mangé sans Christian, qui est rentré plus tard. Je l'ai bien évidemment mis au courant. Lorsqu'il rentre, le soir, j'ai pour habitude de lui faire un rapport de la journée, court mais complet. Je le mets au courant de tout. Je me suis perfectionnée dans les synthèses, ce qui, à la base, n'était pas mon fort : lorsqu'il rentre du bureau, il est farci comme un chou, il apprécie que je sois brève. Il préfère se plonger dans les nouvelles majeures de la journée qu'il aurait pu manquer, en regardant BFM TV, après avoir fait une tournée de bisous auprès de ses enfants. Ce soir, pourtant, il m'écoute attentivement avant d'aller prendre des nouvelles en direct auprès d'eux. S'il est contrarié pour l'audition de Sandra, il est, en revanche, ravi d'apprendre que la psychologue a fait du bon boulot et décidé Clément à reprendre ses activités.

Chapitre 12

L'été et les vacances approchent, le brevet pour Clara également. Du coup, elle a cessé les compétitions de gymnastique et réduit ses entraînements. Elle est studieuse et organisée : elle m'a expliqué comment elle se préparait en suivant un programme de révisions qu'elle s'est elle-même fixé. Je l'ai félicitée. Elle prépare aussi un oral avec une camarade qui vient travailler à la maison sur le PowerPoint à réaliser. Elles s'entraînent également à nous le présenter, comme si nous étions le jury de professeurs. Clément leur a fait la semaine passée beaucoup de remarques constructives dont elles ont tenu compte. Pour preuve, elles s'améliorent de jour en jour et m'ont fait, aujourd'hui, une présentation presque parfaite : leur diction s'avère meilleure, les prises de parole, mieux réparties, les explications plus fournies. Au départ, ça frôlait un peu la catastrophe ! Elles étaient à peine audibles et n'articulaient pas. On ne les comprenait pas ! Je trouve que leurs investissements portent leurs fruits et qu'elles méritent désormais une note excellente. J'espère sincèrement qu'elles l'obtiendront.

Ce soir, Karl revient dîner avec nous. Je suis contente. Théo me dit que son ami s'ennuie un peu chez lui, seul avec son père, et apprécie de partager une vraie vie de famille chez nous. Il paraît qu'il va amener un drone pour montrer son fonctionnement à Clément qui lui avait posé plein de questions à ce sujet l'autre fois. C'est vraiment gentil de sa part. Il s'intéresse à lui comme s'il s'agissait de son frère. Je l'aime beaucoup ce Karl : non seulement il est poli, jovial, cool, mais en plus il se révèle délicat.

Lorsqu'il arrive à la maison, il a les mains pleines : en plus du sac avec le drone, il tient des fleurs, des chocolats et un cadeau pour Clément. C'est trop mignon : il s'agit de l'album d'un groupe de chanteurs peu connu qu'ils avaient évoqué ensemble à table la dernière fois. Que de charmantes attentions ! Je le gronde bien évidemment et lui fais promettre ne pas recommencer... Il a fait des folies pour nous combler.

Avec Théo, ils montent un peu dans la chambre, le temps que je finisse de préparer le repas : gigot d'agneau, gratin dauphinois, salade et tarte Tatin avec une crème anglaise en dessert. Il me reste encore à mettre le couvert, préparer la sauce de salade et ouvrir une bouteille de vin.

Je réalise combien les jours qui approchent sont importants. La fin de la semaine va être chargée en émotions : demain, Sandra passe son scanner et revoit l'ORL en ma présence. Le week-end du grand tournoi de tennis arrive à grands pas. Quelque part, il tombe bien car c'est le dernier avant la reprise de Clément. Il amorce ainsi un grand tournant : un virage vers une nouvelle vie...

Chapitre 13

Comme toujours, je n'ai pas vu défiler la journée : j'ai dû faire un grand ménage, nettoyer tous les carreaux qui s'opacifiaient, tondre l'herbe devenue bien haute, enlever les fleurs fanées et les mauvaises herbes, enfin, arroser, car il n'a pas plu récemment et le jardin manquait d'eau. Plusieurs massifs de fleurs commençaient à s'assécher : leur état semblait même critique. Je suis un peu débordée, je ne m'étais pas souciée du jardin depuis un moment : il était en piteux état, il avait presque l'air à l'abandon ! J'ai bien travaillé et rattrapé les dégâts... Il me dit clairement un grand merci : les fleurs qui piquaient du nez se relèvent. Il était temps que je reprenne les choses en main !

Sandra est à la maison puisque les cours sont terminés afin de laisser du temps pour les révisions, en prévision du baccalauréat. Cette année, elle passe les épreuves de français, écrites et orales. L'écrit s'est bien passé apparemment. Le sujet semble l'avoir inspirée. Elle révise à présent très sérieusement tous les textes qu'elle présente pour l'oral. Elle passe dans les dernières, ce qui lui laisse du temps supplémentaire. Elle dit que c'est bien et mal à la fois, car si elle a plus de temps pour réviser, elle dit qu'elle angoisse de plus en plus, l'attente devenant longue. Encore un peu de patience et elle sera en vacances : le stress pourra enfin s'envoler...

En attendant, elle s'interrompt car il est l'heure de partir effectuer le scanner. Nous ne voulons pas nous mettre en retard. Sandra apporte quelques fiches de révision dans la voiture. Elle veut mettre toutes les chances de son côté pour obtenir la meilleure note possible. Elle préfère démarrer sa terminale avec des points d'avance qui pourront rattraper d'éventuelles défaillances sur d'autres matières l'an prochain, que des points de retard. Je la comprends.

Nous arrivons à l'hôpital pour l'examen : une chance, nous n'avons aucune attente. D'ordinaire, c'est loin d'être le cas.

Lorsqu'elle revient, nous attendons ensemble le retour du médecin. Lorsqu'il nous appelle enfin, il nous demande si nous avons un rendez-vous avec l'ORL prescripteur. Sandra répond que nous allons le consulter dans la foulée. Il nous explique alors qu'il a pu constater certaines zones de l'os moins denses qui correspondent à des foyers otospongieux et que le docteur Richard saura nous expliquer quelles en sont les conséquences. Nous le remercions, réglons et récupérons la carte vitale. Nous sommes en avance pour nous rendre chez le médecin (nous avions prévu large en cas d'attente à la radiologie) alors nous nous arrêtons prendre un diabolo rafraîchissant dans un café : l'été s'annonce et il fait bien chaud.

Une fois dans la salle d'attente du docteur, il me vient l'idée de lire le bilan qui accompagne le scanner. Malheureusement, je n'en apprends pas plus que ce que nous a dit le médecin à la radiologie. Une fois encore, je refuse de chercher « foyers otospongieux » sur le web, je ne veux pas m'effrayer pour rien. Notre tour approche. Enfin, c'est à nous. Nous entrons dans son cabinet :

— Bonjour Docteur, ma fille revient avec le scanner, comme vous le souhaitiez. Elle m'a demandé de l'accompagner.

— Bonjour, installez-vous, je vous en prie. Montrez-moi ce scanner s'il vous plaît.

Le docteur Richard observe les clichés réalisés avec une attention certaine. Il décortique et prend son temps. Enfin, il s'adresse à nous :

— Je n'avais jusqu'ici que les examens audiométriques. J'ai désormais la confirmation de mes présomptions. Je peux affirmer mon diagnostic cette fois. Sandra est atteinte d'une maladie courante et pourtant peu connue qui se nomme otospongiose. Cette pathologie est liée à un dysfonctionnement d'une partie de l'oreille. Elle entraîne une altération progressive de l'audition et parfois des acouphènes, sortes de sifflements ou bourdonnements dont Sandra s'est plainte en venant me voir. Le plus souvent, l'otospongiose apparaît chez les individus qui ont entre vingt et quarante ans, surtout chez les femmes qui sont deux fois plus touchées que les hommes. Sandra semble être un cas précoce : elle a l'air d'ores et déjà gênée par une baisse auditive qui s'accentue progressivement.

— Elle va perdre son audition complètement ?

— Laissez-moi finir de vous expliquer s'il vous plaît. Pour que vous saisissiez ce qui se passe, je tiens à vous faire comprendre le mécanisme de l'otospongiose. Vous savez que le son se propage dans l'air sous forme de vibrations. Ces vibrations sont d'abord captées par le pavillon et le conduit auditif, c'est l'oreille externe. Les vibrations traversent le conduit auditif et font vibrer le tympan. Une fois amplifiées, elles sont transmises à trois petits osselets, puis à la cochlée. Cette dernière renferme les cellules de l'audition. Ces cellules vont à leur tour transmettre un signal au nerf auditif qui transmet ensuite les informations au cerveau. Vous me suivez ?

— Je crois, dis-je.

— À peu près, renchérit Sandra.

— Dans ce cas, je poursuis : les osselets sont trois, ils sont les plus petits os du corps humain. Tous sont reliés les uns aux autres et répondent aux vibrations du tympan. Il y a d'abord le marteau, puis l'enclume, enfin, l'étrier dont le rôle est crucial puisqu'il permet la transmission à l'oreille interne. L'étrier possède un petit plateau, appelé platine. La platine est maintenue par un ligament. En cas d'otospongiose, il y a un renouvellement anormal du tissu osseux autour de ce ligament. Ce dernier se rigidifie et finit par se bloquer. L'étrier ne s'enfonce plus correctement dans la cochlée, ce qui explique la surdité.

— Mais quelle en est la cause docteur ?

— Bonne question. On parle souvent d'une maladie congénitale. Vu la fréquence des formes familiales d'otospongiose, on la considère comme héréditaire.

— Mais personne d'autre dans notre famille n'a de tels symptômes…

— Je sais, j'avais posé la question à Sandra. En fait, la véritable cause reste méconnue. Son origine est incertaine. Des facteurs hormonaux sont aussi évoqués, mais également des facteurs extérieurs comme un virus ou les lieux riches en fluor qui sont susceptibles de favoriser l'apparition de la maladie.

— Je vous repose ma question Docteur : Sandra va-t-elle progressivement devenir sourde ?

— Sa maladie peut effectivement la conduire à la surdité.

À ce moment-là, j'entends Sandra renifler. Je n'avais pas conscience qu'elle s'était mise à pleurer. Le choc doit être terrible pour une jeune musicienne pleine de talent et d'avenir !

Ce qu'elle apprend est certainement aussi bouleversant que l'accident de Clément, privé de sa mobilité et du tennis. Tous deux, différemment, voient tout à coup leurs capacités inutiles, leur passion démolie, leurs rêves anéantis... Pourquoi la vie modifie-t-elle ainsi brutalement l'avenir ? Je réalise à nouveau combien elle peut être dure. Je demande de suite au docteur s'il y a des remèdes palliatifs.

— Bien sûr, ne t'inquiète pas Sandra, s'empresse-t-il de dire. Nous n'allons pas te laisser comme ça. Quand la surdité devient gênante, on peut intervenir en proposant un appareillage. Mais il existe aussi une solution chirurgicale.

— En quoi consiste-t-elle ? demande Sandra tout doucement, entre deux légers sanglots qu'elle ne parvient à refouler.

— L'intervention n'est possible que dans le cas où l'oreille interne n'est pas touchée. Dans ce cas, le principe de l'intervention est de soulever le tympan pour aborder l'étrier, l'enlever, faire un petit trou au niveau de l'oreille interne et de placer une petite prothèse qui sera attachée sur l'enclume. Cette prothèse permet de remettre en vibration les liquides de l'oreille interne, et donc, dans la majorité des cas, d'améliorer l'audition du patient. Elle est efficace dans 95 % des cas. Comme dans toute intervention, le risque zéro n'existe pas, il faut le savoir.

— Qu'envisagez-vous dans le cas de Sandra ? Vous savez que la musique représentait pour ainsi dire toute sa vie.

— Perdre l'audition représente sans doute pour Sandra l'un des handicaps qu'elle pouvait redouter le plus. Nous allons donc nous occuper d'elle promptement. Comme je vous l'ai expliqué, la baisse auditive se fait doucement, très progressivement. Autrement dit, elle ne sera pas sourde demain, du moins normalement, car comme vous le savez, la médecine n'est pas une science exacte et nous, les médecins, ne sommes pas devins.

Pour le moment, la gêne est présente mais pas encore trop marquée. Je lui propose, donc, dans un premier temps d'être appareillée.

— Je vais devoir porter ce que les personnes âgées mettent dans leurs oreilles ?

— Sache que certaines personnes, d'un certain âge notamment, portent d'anciens appareils assez volumineux et peu esthétiques. Les progrès technologiques ont bien avancé et les appareillages auditifs se révèlent aujourd'hui performants et surtout très peu visibles. Ils sont vraiment extrêmement petits.

— Je n'ai pas le choix, c'est bien ça ? demande Sandra.

— Pour ton confort, c'est en effet, préférable. Par ailleurs, je devrai te voir très régulièrement afin d'évaluer ton audition. Les audiogrammes ne sont pas méchants mais nécessaires.

Le médecin nous a alors fait la prescription pour l'appareillage qui n'enchantait pourtant pas Sandra, dépitée par ce qu'elle venait d'apprendre. Nous nous sommes quittés, en fixant un rendez-vous dans six mois.

Ce soir-là, à la maison, les yeux rougis et la tristesse de Sandra ne passent pas inaperçus. Christian, à ma demande, est rentré de bonne heure. Nous évoquons ensemble, à table, la problématique qui vient de lui tomber dessus et qui la désespère. Je fais l'impossible pour positiver, en expliquant ce recours possible à l'opération. Mais Sandra fait de la peine à voir. Il lui reste encore l'oral de français à passer : la pauvre va avoir du mal à se concentrer. Dommage qu'elle ne soit pas déjà passée. Malheureusement, dans la vie, on ne choisit pas toujours…

Chapitre 14

Heureusement que les jours passent et ne se ressemblent pas. Aujourd'hui, Sandra a retrouvé un peu le sourire car son appareil auditif est en commande. Il lui est apparu beaucoup plus petit qu'elle se l'imaginait. Elle retrouve un peu d'espoir. Son tempérament optimiste l'aide beaucoup, même si la couleuvre est difficile à avaler. Il lui faut accepter l'inéluctable.

Clara, par ailleurs, a terminé ses épreuves du brevet. Elle semble assez contente d'elle. Nous attendons les résultats en confiance : il s'agit d'une bonne élève, très sérieuse de surcroît.

Sandra, cet après-midi, s'est remise à réviser. Je l'admire. Elle aussi. Mes enfants sont formidables. Ils réagissent toujours remarquablement. J'en suis extrêmement fière.

Théo vient d'apprendre qu'il va avoir une petite augmentation pour son travail en apprentissage. Il est rentré ravi.

Quant à Clément, il ne sait pas que demain est un grand jour pour lui...

Bref, la journée s'avère plus agréable que celle de la veille, une bénédiction...

Le soir, à table, Clara me surprend. Elle nous explique qu'elle est décidée à apprendre la langue des signes. Elle a toujours été très complice avec sa sœur et veut sûrement ainsi lui témoigner sa compassion et lui offrir son aide. Elle ajoute qu'elle ne veut jamais risquer de ne plus pouvoir communiquer avec sa sœur, même si celle-ci ne devient jamais sourde grâce à l'appareillage ou l'opération. Quinze ans : elle me paraît si mûre pour son âge. Elle est étonnante, sidérante. Je suis soufflée. Lorsqu'elle émet ce vœu, je vois le regard de Sandra s'éclairer et son sourire se sublimer. Cette marque d'affection la touche certainement, très profondément. Elle prend alors la parole :

— Tu es adorable, petite sœur. Je t'aime, tu sais. Vous autres aussi, bien sûr, elle ajoute prestement. Tu as raison. C'est toi qui me suggères le chemin à suivre. Je vais t'écouter.

— Tu es d'accord pour qu'on apprenne la langue des signes ensemble, alors ?

— Tout à fait. J'y avais pensé. Il me fallait faire le premier pas. C'est toi qui l'as fait à ma place. Je te suis. Nous chercherons des cours dès que mon oral sera derrière moi.

Clara se lève pour aller embrasser sa sœur. Elles sont touchantes toutes les deux. Quelle merveilleuse famille j'ai devant moi ! Ils sont tous si solidaires, invariablement, quoi qu'il arrive. C'est formidable ! Ça me fait chaud au cœur. Je songe moi aussi très sérieusement à apprendre la langue des signes. Je leur en fais part. Elles sont ravies.

Chapitre 15

Ce matin, Clément ne comprend pas pourquoi je le sors du lit si tôt alors qu'il s'agit de ses dernières grasses matinées avant de reprendre le boulot. Je me fais houspiller, mais je n'ai pas le choix : dans trois quarts d'heure, ses copains seront là avec Ilona. Et il ne s'en doute pas du tout. Pendant qu'il prend son petit déjeuner avec son père, je prépare vite fait un sac avec tout ce qu'il lui faudra pour les deux jours à venir. En fait, je ne suis pas dans mon état normal ce matin. Christian le voit bien. Il a beau me rassurer, je suis crispée, je n'arrive pas à me détendre. Tous mes muscles sont contractés, comme tétanisés : c'est douloureux physiquement. J'appréhende tellement sa réaction : et s'il leur disait de partir, s'il allait se réfugier dans sa chambre, s'il avait soudain trop honte de leur avoir menti. Je me pose tellement de questions. Je suis très angoissée même si je ne laisse rien paraître. Pendant qu'il se brosse les dents (il ne me reste que le nécessaire de toilette à préparer), la sonnette retentit. Mon estomac se noue alors que je vais ouvrir :

— Bonjour ! dit Luc. Le bonjour de tous les autres revient en écho. Il est prêt ?

— Pas vraiment, c'est le moins que l'on puisse dire, je réponds. J'espère que tout va bien se passer. J'ai si peur qu'il m'en veuille après.

— Pas de panique ! On le connaît notre Clément ! On va y
aller avec des pincettes.

Je l'appelle. Il me répond qu'il arrive dans deux minutes.
Deux minutes de pur stress pour moi. Lorsqu'il paraît enfin dans
la salle à manger où attendent ses amis, je le voir blêmir et
froncer les sourcils. C'est Luc qui prend d'emblée la parole :
— Alors vieux pote, tu pensais te débarrasser de nous aussi
facilement ? On a besoin de toi, nous ! On y a tous cru à ton
histoire bidon... Mais tu es pardonné ! Allez, tape là...
Clément tape dans les mains que Luc lui présente. Je vois bien
qu'il a du mal à respirer, qu'il est ému, surpris. Il est déboussolé.
Lorsqu'il aperçoit Ilona, les larmes lui montent aux yeux. Elle
s'approche, lui prend la main et lui dit :
— Tu m'as manqué, tu n'imagines pas comment. J'ai bien
failli vouloir étrangler celle qui avait, soi-disant, pris ma place.
Je m'étais assise sur tous mes espoirs !
L'effusion de tendresse s'arrête là mais elle est sincère,
profonde, émouvante.
Voilà que j'ai les larmes qui me montent aux yeux aussi. Ces
retrouvailles sont si touchantes...
Clément ne réagit pas, il ne dit rien, il ne les repousse pas, il
n'a plus peur, je crois. Il doit se sentir toujours intégré, aimé. Ça
doit être fort à vivre... C'est vraiment beau l'amitié, le véritable
amour aussi...
Luc reprend :
— Ce n'est pas le tout, mais on t'a préparé une surprise : on
t'emmène voir une rencontre de champions de tennis.
Là, je vois mon Clément qui pâlit. Il doit leur en vouloir de
lui remettre sous le nez ce qui, pour lui, est devenu inaccessible.

— Tu vas voir, ces champions-là sont encore plus fantastiques et remarquables que tous les autres joueurs de tennis, tes idoles y compris !

Clément ne comprend rien. Il ne voit pas de quels joueurs parle Luc :

— Ces joueurs sont plus combatifs encore que les joueurs qui courent partout. Ils sont extraordinaires. Tu vas voir, ils sont prodigieux. Ils nous impressionnent franchement. Eux aussi, un jour, ils ont cru devoir abandonner le tennis… Mais, non, ils se sont accrochés et ils brillent au plus haut niveau désormais.

Le restant de la famille se regroupe autour de Clément. Théo lui amène un paquet emballé en disant qu'il a demandé conseil pour choisir, mais qu'il s'agit des espoirs de toute la famille qui croit en lui. Clément déballe sa nouvelle raquette. Il commence à comprendre, je crois. Il n'arrive pas à croire à ce qui lui arrive. Christian s'approche à son tour et confirme que si ça le branche, un fauteuil spécifique sera commandé sans aucun problème : il s'est déjà renseigné. Clément est vraiment très ému. Il ne pensait pas qu'autant d'élans de gentillesse et de générosité le combleraient un jour, après tous ses malheurs… Il pleure et sourit en même temps… Lui qui pensait que le tennis lui était désormais interdit. Pour le coup, il n'avait sans doute pas du tout envisagé de pouvoir rejouer un jour. Un nouvel avenir se dessine, avec le tennis, avec ses amis. C'est la joie au cœur qu'il nous remercie tous chaleureusement. Moi, je fonds littéralement, j'ai l'impression que pour lui, le bonheur existe encore…

Luc lui explique la suite des événements et annonce le programme qui le réjouit également. Clément a du mal à s'exprimer. Il dit seulement :

— Merci, merci beaucoup. Je vous en saurai gré le restant de mes jours.

J'explique que je sais déjà à quel endroit il peut s'entraîner. Moi aussi, j'ai œuvré pour lui. Nous avons tous participé !

Nous lui souhaitons un bon week-end et l'embrassons. Les copains l'embarquent avec son sac. Je suis heureuse : il fait de nouveau jour dans la vie de Clément...

Chapitre 16

Aujourd'hui, dimanche, Luc m'appelle pour me dire que le week-end se déroule à merveille en compagnie de Clément. Il est subjugué par l'adresse et les déplacements possibles en fauteuil roulant adapté pendant les matchs de tennis. Les joueurs ont une forme et un mordant démesurés. Ils font des prouesses qui laissent les admirateurs pantois.

Les joueurs se démènent, se donnent à fond. Les échanges s'avèrent longs, intenses, spectaculaires : ils brillent sur le cours. Les applaudissements fusent. Les encouragements du public les stimulent : ils donnent le meilleur d'eux-mêmes. Luc, d'après son récit, semble interloqué par ce qu'il a l'occasion d'admirer. Il me passe Clément quelques instants :

— Maman, ce que je vois est juste incroyable. Les joueurs sont fantastiques. Ils se battent avec ténacité, ardeur, entrain, endurance. Tous les coups sont permis. Ils utilisent toutes les subtilités possibles de jeux. Ils m'impressionnent vraiment. C'est décidé, je reprends le tennis.

— Je suis si heureuse. Toi aussi tu seras performant, j'en suis certaine. Le mental compte pour beaucoup dans le sport, tu le sais pertinemment. Tu es un battant, je le sais. Tu as toujours de l'avenir dans le tennis.

— Je l'espère. En tout cas, ne serait-ce que pour vous tous, pour votre soutien, pour votre aide, pour votre accompagnement, je me battrai. Je veux vous rendre fiers. J'ai l'intention de m'entraîner durement.

— Clément, nous sommes déjà fiers de toi.

— Je vous aime tous.

Je sens bien que Clément a encore la corde sensible. Il reste fragile. Il m'émeut. Je lui souhaite une belle journée. Il en fait autant. Nous raccrochons.

L'aide à domicile passera ce soir lorsqu'il sera rentré. C'est convenu entre nous. Demain sera encore un nouveau jour pour lui : il va retrouver la vie active. Nous espérons que tout se passera bien. Pendant qu'il n'est pas là, nous réfléchissons avec Christian car il faudra que Clément retrouve une indépendance dès qu'il sera prêt. Il faut qu'il parvienne à se sentir totalement autonome. C'est important pour l'estime qu'il a de lui-même, pour sa vie sociale et familiale. Nous n'en sommes pas là, mais nous y songeons. Il en émettra lui-même le vœu. Nous nous y préparons. Nous avons résilié le bail de son appartement. Il nous faudra trouver un immeuble adapté aux fauteuils roulants, avec des rampes et non des escaliers, des portes, des accès et des ascenseurs assez grands, un parking qui lui permette de monter directement à son étage depuis sa voiture. Là encore, il faut que nous nous occupions d'acheter une nouvelle voiture. Nous espérons que la sienne sera vendue un bon prix. Nous l'accompagnons psychologiquement mais aussi financièrement, administrativement, matériellement. Nous nous impliquons énormément. C'est normal. En ce qui concerne le tennis, nous avons déjà effectué les recherches, il ne reste plus que les démarches effectives. Nous attendions sa réaction et sa décision. Nous sommes ravis qu'il ait mordu à l'hameçon. Son nouveau dessein va le propulser vers un avenir plus réjouissant. Nous avançons.

Aujourd'hui, Sandra a repris ses ultimes révisions. Elle passe son oral demain. Elle sera bien débarrassée après. Quant à Clara, nous l'accompagnons aujourd'hui à une compétition. Nous sommes un peu sur tous les fronts. Ce matin, elle est venue me trouver car elle était contente d'avoir repéré un cours pour apprendre la langue des signes avec sa sœur. Il faudra juste que je les y accompagne en voiture, en transport ce serait trop « galère », elle m'a dit. Elle est décidée à s'investir en ce sens pendant qu'elle a du temps, avant notre départ en vacances au mois d'août, en club. Sandra est d'accord pour s'y mettre, une fois sa dernière épreuve terminée. Au milieu de tous nos déboires, je réalise que nous ne nous en sortons pas trop mal : chez nous, tout le monde se serre les coudes. J'ai vraiment fondé une belle famille, extraordinaire et remarquable. J'en suis fière. Christian aussi.

Chapitre 17

Le mois de juillet démarre. Les beaux jours s'installent enfin durablement. C'est bien plaisant. Sandra a l'impression d'avoir bien géré son oral. Elle a peur d'avoir commis une erreur concernant une figure de style qu'elle a évoquée, mais elle pense qu'au pire, même si le professeur lui en tient rigueur, la note n'en pâtira pas trop. Elle pense avoir bien argumenté l'ensemble de son exposé et bien répondu aux questions finales. Nous avons hâte, comme elle, d'obtenir les résultats : il nous faudra encore patienter une quinzaine de jours. Elle porte désormais son nouvel appareillage, efficace, semble-t-il, sobre et discret. Elle a l'air d'en être contente. Avec sa sœur, elles se rendent avec intérêt et assiduité aux cours d'apprentissage de la langue des signes. Elles m'amusent lorsqu'elles tentent de se parler. Je n'en reviens pas : elles progressent avec une vitesse fulgurante. Elles m'expliquent parfois en rentrant ce qu'elles ont appris. Je tente de reproduire quelques signes. Ainsi, je m'y mets un peu aussi. J'aurais bien aimé me lancer à leurs côtés, mais mon emploi du temps, notamment avec les démarches nécessaires pour Clément, l'entretien de la maison, du jardin, la gestion du linge, les courses, la cuisine, et le reste, s'avère trop chargé. Je ne peux pas être au four et au moulin. Il me faut compenser le peu de disponibilités de Christian. J'assure donc une grosse intendance.

Si je le souhaitais, je pourrais me faire aider par quelqu'un, mais je n'en ai pas envie : notre intimité est sacrée. Je ne désire pas que qui que ce soit vienne actuellement la perturber. Je ne saurais dire pourquoi. C'est un état de fait. L'aide à domicile de Clément me suffit.

Pour ma sauvegarde, je m'octroie une séance de yoga par semaine, une petite heure rien que pour moi : ça paraît peu, mais elle m'est salutaire et bénéfique. En me concentrant sur les enchaînements à mémoriser et effectuer, en respirant profondément, en me posant pour la relaxation, je me détends, j'oublie un moment les difficultés du quotidien. Je me dois d'être présente physiquement et mentalement. Je dompte les divagations de mon esprit. Non seulement je maintiens ma souplesse, j'entretiens mes muscles et mes articulations, mais je souffle un peu, dans tous les sens du terme. Ce moment m'est devenu indispensable : j'apprends à ne pas écouter mon mental parfois nocif, je cherche l'harmonie de mon corps et de mon esprit, je me libère des tensions, je suis à mon écoute, je prends du temps pour moi, je vis l'instant en quête de bien-être et de sérénité. Je fais mes étirements consciencieusement, je fais travailler mon corps et mon esprit sans jamais forcer, en les respectant, en restant dans le confort : je les stimule positivement. J'apprends ainsi plus globalement à m'aimer, à me sentir bien, à repousser la douleur, à maîtriser mon stress et mon anxiété. Le travail sur la respiration m'a tellement apporté. Je l'utilise souvent, dans d'autres circonstances de la vie : lorsque je suis énervée, en colère, souffrante. Je parviens à mieux me maîtriser. Le yoga est devenu ma soupape de décompression. D'ailleurs, pendant une heure, je suis indisponible pour tout le monde, j'éteins mon portable. Pur bonheur !

Clément a repris cette semaine toutes ses activités. Il semble rassuré. Il appréhendait tellement ! Je le trouve plus ouvert, plus épanoui, mieux, tout simplement. Les contacts le rendent moins taciturne. Il reprend confiance, je crois. Nous lui avons commandé le fauteuil spécifique pour le tennis : il l'attend avec impatience. Il pourra de suite démarrer ses entraînements. Nous lui avons choisi un entraîneur particulier qui lui organisera des rencontres amicales et des matchs avec des joueurs comme lui. Il va faire ainsi de nouvelles connaissances et élargir son cercle d'amis. Les anciens sont prêts à devenir de fameux supporters. Je les adore.

Théo est beaucoup allé chez Karl ces derniers temps. Nous l'avons moins vu. Son père devait se sentir un peu seul certainement. Comme celui-ci va partir en déplacement une quinzaine pour son travail, j'ai proposé à Karl de venir à la maison. Un jeune de plus ou de moins, je ne suis plus à ça près, et si ça contente mes enfants, je ne demande pas mieux. Comme Théo a peu de vacances en tant qu'apprenti et que Karl a terminé son année scolaire (études de droit), il va venir passer ses journées ici, le temps de l'absence de son père. Ils se retrouveront le soir car Karl habite loin et pour Théo ce n'est pas la porte à côté. Ce sera plus pratique pour lui, d'après ce que j'ai compris. Je n'y vois absolument aucun inconvénient, d'autant plus que je trouve Karl charmant. Il me semble calme, posé, réfléchi et patient. Il est arrivé hier et depuis, il ne songe qu'à m'aider. Il veut rendre service. C'est gentil, mais il n'est pas là pour ça. Je lui ai dit que nous prendrions un moment pour aller au cinéma avec les filles si ça lui disait. Il n'a pas refusé. Théo me paraît parfois dur avec lui : il lui parle fermement, sur un temps péremptoire. Je rassure Karl en lui disant qu'il est ainsi aussi avec moi parfois, qu'il ne faut pas y prêter attention : Théo se lève tôt, vu l'éloignement de son travail, et rentre tard, harassé par sa journée de boulot. Néanmoins, j'aimerais que mon fils lui parle plus gentiment : la fatigue n'excuse pas tout, surtout pas son sale caractère parfois. S'il est droit, sérieux et fiable, je lui reproche par moment son caractère autoritaire. Il n'hésite pas à dire ce qu'il a dire : franc mais direct le gars ! La diplomatie n'est pas son fort. C'est comme ça ! Karl me semble, à l'inverse, doux comme un agneau, gentil, serviable, influençable, parfois un peu crédule même. Pas de doute, ils sont complémentaires ! Tout ce que je demande, c'est qu'ils se soutiennent mutuellement.

Chapitre 18

Les grandes vacances, comme toujours, défilent à toute vitesse. Clément a démarré le tennis en fauteuil : ça le change, mais il apprécie toujours autant ce sport et le maniement de la raquette. Il a déjà gagné plusieurs matchs, ce qui le satisfait pleinement. Il grimpe dans son nouveau classement, très content. Il trouve même les joueurs plus agréables et moins prétentieux qu'auparavant. Il aime l'ambiance des tournois plus qu'avant. En outre, il semble faire des exploits. Son entraîneur a fait venir quelqu'un pour le regarder jouer. Il le dit vraiment doué et semble l'avoir repéré : il a dit qu'il reviendrait certainement vers lui très prochainement. Tant mieux...

Les filles progressent énormément avec la langue des signes : c'est impressionnant. Elles conversent carrément ! Je reste bouche bée. Le professeur utilise une pédagogie pertinente. Elles profitent des congés scolaires pour retrouver leurs copines respectives, sortir et s'amuser, visiter des musées aussi, aller à la piscine, à la patinoire, ou faire une promenade à cheval. De temps en temps, avec Clara, nous écrivons un petit poème ensemble pour une fête ou l'anniversaire d'une amie, d'une voisine, d'une connaissance. Toutes les occasions sont bonnes ! Nous y prenons toujours le même plaisir.

Les semaines s'écoulent. Un soir, je porte une lettre à Clément. Quelques minutes plus tard, je l'entends hurler :

— Maman, je suis convoqué pour passer les épreuves d'accès aux championnats paralympiques ! Mon classement est suffisant. Apparemment, j'ai mes chances... Tu te rends compte ! C'est génial ! Je vais me défoncer !

Dans la maison, nous sommes tous enchantés par la nouvelle : il s'agit d'une belle récompense aux efforts de chacun, en particulier de Clément... Une vraie bénédiction !

Nos vacances approchent. Christian va pouvoir lâcher prise. Il en a grand besoin. Moi aussi d'ailleurs. Je m'en réjouis d'avance. Nous allons enfin pouvoir changer de rythme de vie, d'horizon, nous reposer et déconnecter totalement. L'année n'a pas été facile, la détente va nous faire un bien fou ! Le programme sera simple : dormir, bien manger, nous promener, bronzer, nager, souffler... En un mot, PROFITER !

Chapitre 19

Préparation des valises : trop cool ! Nous allons partir à quatre, juste avec les filles. Clément va être bien occupé entre le sport et Ilona. Nous ne nous faisons plus de souci pour lui. Ils se débrouilleront comme des chefs. Sa motivation lui donne presque des ailes ! L'aide à domicile s'en occupe également à merveille.

Théo et Karl partent avec la bande à Basile faire de l'escalade à la montagne. Ils ont tout prévu, tout organisé. Rien n'a été laissé au hasard. Ils retrouvent un guide de montagne spécialisé sur place. Ils dormiront deux fois en refuge. Des vacances sportives au grand air entre copains : le rêve pour eux. Les garçons nous donneront des nouvelles quand ils le pourront : à la montagne, il n'y aura pas forcément de réseau, et Clément a un planning hyper chargé avec des entraînements soutenus et réguliers. Ils m'ont quand même promis de me joindre aussi souvent que possible : ils savent que je veux partir l'esprit tranquille et être rassurée lorsque la distance nous sépare.

Dans la voiture, les filles s'amusent à utiliser la langue des signes. Je suis admirative. C'est vraiment épatant. C'est devenu un jeu entre elles, bien que cette façon de communiquer ne soit pas du tout indispensable pour le moment, loin de là…

Nous faisons une escale dans un motel car le trajet s'avère long pour descendre dans le midi par cette chaleur, même avec la climatisation. Nous la mettons doucement pour qu'un air glacé ne nous tombe pas dessus. Une année de canicule, lorsque les garçons étaient petits, ils avaient attrapé froid avec cette réfrigération artificielle ! Je m'en méfie désormais : nous la mettons doucement et nous changeons régulièrement les filtres lors des révisions. D'ordinaire, j'aime ouvrir les fenêtres et sentir le vent me fouetter le visage, mais aujourd'hui, les températures torrides empêchent le rafraîchissement de l'habitacle. En plus, le bruit dû à la vitesse et à la circulation finit par nous casser les oreilles. Nous bénissons donc la climatisation de fait. Même en nous relayant régulièrement au volant avec Christian, nous préférons couper le trajet en deux, en faisant une halte au milieu. Nous partons trop fatigués : le voyage s'avère moins éprouvant pour tous avec une véritable pause et une bonne nuit de repos.

Une fois arrivés sur les bords de la Méditerranée que nous sommes ravis de retrouver, nous nous installons rapidement. Le club se révèle à échelle humaine, bien situé. Les petits bungalows sont répartis sur une agréable pinède qui domine la mer. Notre vue est magnifique : nous apercevons la mer en contrebas et le balcon bénéficie en plus d'une excellente exposition est-ouest. Nous aurons le soleil toute la journée. Heureusement, le bungalow est climatisé lui aussi. La chaleur se montre étouffante malgré le mistral qui nous comble pour une fois.

La nourriture s'avère excellente et variée : salades composées diverses, crudités et fruits en nombre, plats de viandes et poissons variés, des légumes frais de toutes sortes, et des desserts succulents à faire saliver les gourmands ! Les activités amusantes et diversifiées nous conviennent parfaitement : bonne humeur et ambiance joviale sont au rendez-vous. Nous sympathisons d'emblée avec des familles dans notre genre, avec des enfants déjà grands : nous passons du temps ensemble. Nous profitons de toutes les infrastructures : piscine, cours de tennis, terrain de pétanque, stand de tir (à l'arc, au pistolet et à la carabine). Nous suivons différents cours : aquagym, aquabike, yoga, gymnastique, stretching. Nous participons aussi à de nombreux tournois : tennis de table, pétanque et tir à l'arc notamment. Le reste du temps, nous visitons la région, nous allons à la mer, nous lisons, nous prenons des bains de soleil. Nous dînons avec nos nouvelles connaissances, nous organisons même des barbecues. Le soir, en groupe, nous allons regarder les superbes spectacles proposés : chorégraphies de danses, chanteurs en tous genres, sketches avec des mises en scène bien orchestrées. Nous savourons les représentations qui s'avèrent, cette fois, de qualité. Pur bonheur ces vacances en Provence !

Lorsque nous rentrons, hâlés, reposés et détendus, nous sommes fin prêts à faire face à cette nouvelle rentrée. Les filles en ont bien profité, nous aussi. Théo et Karl se sont régalés avec leurs amis.

Vous ne me croirez pas : Clément a intégré l'équipe de France le temps de notre absence... Il n'avait rien dit pour ménager la surprise ! Il effectuait au mois d'août un entraînement intensif et participait à des tournois. Nous sommes tous fous de joie ! Il va céder sa place au club de tennis, fermé l'été jusqu'ici, et abandonner temporairement son emploi à Intersport. Il a prévenu ses employeurs, qui l'ont félicité. Il obtient sans cesse des médailles. Nous n'en revenons pas ! Ilona suit ses performances de très près, en l'accompagnant le plus souvent possible lors des tournois. Ils ont dû passer beaucoup de temps ensemble cet été. Quelle joie !

Clara était tellement heureuse pour son frère aîné qu'elle m'a demandé d'écrire un petit poème avec elle. Alors ensemble, avec les lettres de son prénom, nous avons écrit un acrostiche, c'est-à-dire un poème dont les lettres initiales lues dans le sens vertical donnent son prénom :

Comme ton courage nous surprend et nous fascine !
Le tennis t'a mené vers les plus hautes cimes.
En équipe de France désormais tu brilles.
Malgré ton handicap, la gloire se dessine.
En te battant, tu as suscité de tous l'estime.
Notre fierté pour toi jamais ne vacille.
Tu es monté sur le podium, j'hallucine !

Nous comptons le lui remettre à la fin du prochain match où nous irons l'encourager, l'acclamer, le soutenir, l'applaudir. Il nous impressionne par sa persévérance, son endurance, sa réactivité face au handicap. Il n'est pas resté longtemps abattu. Il a pris sa nouvelle vie en charge avec courage, détermination, obstination. Il reste digne dans l'adversité, se bat avec un moral de gagnant. Il force le respect de tous par son courage, sa force, sa volonté, son répondant. Il nous fascine, le mot n'est pas trop fort... Sa joie de vivre, son combat pour l'égalité entre les individus (hommes/femmes, entendants/malentendants, hétérosexuels/homosexuels, individus se déplaçant debout/assis en fauteuil roulant, entre autres) sa lutte pour l'intégration des personnes handicapées, son incitation à la tolérance, ses talents de sportif, sa force de caractère : tout ce qu'il est, tout ce qu'il entreprend nous subjugue ! Il nous rend si fiers ! Si jeune et déjà si mûr à vingt-quatre ans… Nous sommes à ses côtés pour l'accompagner dans toutes les causes justes qu'il défend à cor et à cri…

Maintenant que les caméras se tournent vers lui grâce au sport, il fait l'impossible pour passer des messages, pour défendre la fameuse devise de la République française si chère à son cœur : Liberté, Égalité, Fraternité. Il trouve, à juste titre, qu'elle n'est jamais assez mise en lumière…

Chapitre 20

Aujourd'hui, je reviens du supermarché avec un plein de courses vraiment conséquent : nous serons une quinzaine à table ce soir ! Toute la famille se réunit en effet au grand complet afin que chacun puisse raconter ses vacances, évoquer ses souvenirs, partager ses joies estivales ou ses exploits. Chacun est censé apporter de quoi faire une projection (photos, films, bandes sons...) pour enrichir son récit d'illustrations. Ça va être sympa ! Pour ma part, je vais leur préparer un délicieux petit repas : crevettes aux avocats, filet mignon aux champignons et pommes de terre, charlotte aux poires sauce chocolat. Ilona accompagnera Clément, Théo introduira Karl ainsi que plusieurs amis communs d'escalade, les filles amèneront une amie proche. Il va y avoir une sacrée ambiance ! J'adore quand la maison se remplit de jeunesse, de rires, d'accolades. Plus on est de fous plus on rit ! me disait ma grand-mère, toujours prête à faire la foire et danser la java !

Après avoir rangé les courses et mis les produits frais au réfrigérateur, j'épluche les pommes de terre et les champignons. La charlotte est prête de la veille : un souci en moins dans mon emploi du temps toujours serré. Les arrivées des uns et des autres s'échelonnent gentiment. Tous viennent me faire un gentil coucou et un petit bisou dans ma cuisine avant de monter. Je les apprécie tous vraiment : quelle chance ! L'avant-dernière arrivée, c'est Sandra, accompagnée de son amie Lucile. Je lui demande à quelle heure est supposée rentrer Clara, partie chercher son amie Elsa après le cours de langage des signes qui a repris ce jour même. Elle ne sait pas exactement mais lui avait demandé de rentrer aux alentours de dix-neuf heures. Elle ne devrait donc pas tarder. Elles repartent toutes les deux en bus acheter un vêtement que Sandra avait repéré dans une boutique du centre commercial. Elles reviennent tout à l'heure et prendront le train en route. Les amis de l'escalade n'arriveront que vers 20 h 30 car celui qui les amène finit tard ce soir.

Après avoir préparé une persillade, je fais griller quelques lardons à ajouter aux champignons. Je coupe du pain, prépare mon plateau de fromages, monte une mayonnaise pour mes avocats crevettes. 19 h 15 déjà ! Je descends chercher une bouteille de vin à la cave, dresse la table, prépare les en-cas apéro : je coupe du saucisson et des petits dés de fromages, j'épluche des petites carottes fines et prépare des petits morceaux de concombre à tremper dans du tzatzíki. 19 h 30, Clara n'est toujours pas rentrée. Je décide de l'appeler sur son portable mais je tombe sur son répondeur. Clara se trouve peut-être dans le RER, enterrée sous un tunnel, sans réseau pour capter les appels. Je réitère : toujours pas de réponse. Je commence à me questionner : d'ordinaire, elle me passe un petit coup de fil pour me dire son heure approximative d'arrivée. Elle a dit vers 19 h à sa sœur. Elle a dû rencontrer un impondérable dans les transports et aura pris un peu de retard. Rien de méchant. Je ne suis pas prête de toute façon, ça me laisse un peu de temps supplémentaire pour tout organiser. Je réalise un petit cocktail que les grands adorent à base de jus d'orange, de jus d'ananas, de passoa et de grenadine. Je prends même le temps de givrer des verres. J'ai envie que tout soit parfait pour contenter ma petite famille. Pour Clara, on insistera plus sur les jus de fruits que sur la passoa ! Je sors des pailles de diverses couleurs, jaunes et rouges surtout, et je regarde la pendule : 20 h 05. Cette fois, je commence sérieusement à m'inquiéter. Clara ne rentre jamais tardivement sans me prévenir. Une heure de retard, ça commence à faire ! J'essaie à nouveau de la joindre, en vain. Je demande à ses frères et sœurs d'en faire autant : c'est peut-être mon smartphone qui débloque ? Eux non plus ne la joignent pas.

Le téléphone fixe sonne : je me précipite pour le coup. Il m'arrive parfois, c'est vrai, de ne pas répondre tant les appels de démarcheurs en tous genres se multiplient ces derniers temps : quand il n'est pas question d'erreurs de la sécurité sociale ou de propositions de mutuelles diverses, il s'agit de fabricants de portes et fenêtres, de soi-disant cadeaux gagnés ou autres enquêtes... Que des tentatives d'extorsion de données personnelles ou de fonds illicites ! Tous m'exaspèrent et me mettent les nerfs à vif ! Ils m'interrompent bêtement, me dérangent et me font perdre mon temps ! Au début, je répondais poliment, précisant que « je n'étais pas intéressée » ou « vraiment très pressée » pour m'en débarrasser. À force, je finis par décrocher sans parler ou les laisser perdre leur temps en les laissant déblatérer leurs sornettes sans intérêt. Souvent, je ne décroche même plus... Comme par hasard, personne ne laisse jamais de message sur le répondeur ! Je considère que les appels urgents et importants peuvent, de toute façon, me parvenir sur mon portable. Pourtant, ce soir, l'inquiétude me gagnant, je réponds rapidement, en me précipitant sur le combiné :

— Allo ?

— Vous êtes Madame Hortolly ?

La voix est bizarre, déformée, déguisée.

— En personne, vous désirez ?

— Ce message concerne votre fille Clara. Allez à votre boîte aux lettres, vous y trouverez un CD. Suivez les instructions à la lettre.

La communication est coupée. Je n'ai pu poser aucune question. Je ne connais pas l'interlocuteur, le numéro ne comportait pas les huit chiffres classiques. J'ai le cœur qui bat, je suis retournée, je ne comprends pas vraiment ce qui se passe. Mais mes présomptions sont affolantes. Cet appel anonyme me laisse présager le pire, je sens d'emblée que Clara se trouve en danger. L'impératif et le mot « instructions » ne laissent aucun doute : il s'agit d'ordres péremptoires auxquels je vais devoir me soumettre. Des ravisseurs ? À moins qu'il ne s'agisse d'une farce de très mauvais goût. Le ton froid et dur ne semblait pas à la plaisanterie, malheureusement.

Je saisis mon portable et mes clefs. Je cours à la boîte aux lettres en appelant Christian sur son portable. J'enrage : il ne décroche pas. Je tombe directement sur sa messagerie. Ou il est en réunion et ne peut me répondre, ou il est déjà en communication. Je cours aussi vite que possible jusqu'à la boîte mais j'ai le souffle coupé, la respiration saccadée et les jambes flageolantes. Dans l'affolement et la précipitation, en songeant à mille et une choses à la fois, je trébuche sur une pierre et je m'étale de tout mon long. Le réflexe m'a fait lever le bras droit en l'air pour protéger mon smartphone. Je me relève difficilement car la chute a été méchante. Je saigne de partout : l'avant-bras gauche, les deux genoux et mon menton doivent être bien écorchés car ça me brûle partout et mes vêtements sont déjà tachés. Je n'y prête attention qu'une mince fraction de seconde, juste le temps de rassembler mes esprits. Je me précipite à nouveau sur la boîte et l'ouvre nerveusement. Une enveloppe kraft s'y trouve. Je l'emporte vivement vers la maison en l'ouvrant dans la foulée : elle contient effectivement un CD. J'appelle Christian à nouveau, avec insistance. Il ne décroche toujours pas ! Je fulmine ! Le sang fait des filets qui s'écoulent dans mon cou, ma main, mes deux jambes, j'en mets partout mais je m'en fous. Je glisse le CD dans mon ordinateur et j'entends cette même voix nasillarde, altérée et modifiée par une inspiration d'hélium, je pense :

— Votre fille Clara a été enlevée. Surtout, ne prévenez pas la police. Vous mettriez ses jours en danger. Votre mari a été contacté pour la rançon exigée. Dépêchez-vous de réunir les fonds. Si vous tardez, Clara en pâtira : un doigt en moins chaque jour à partir du huitième jour. Nous vous fixerons ultérieurement le rendez-vous pour faire l'échange. Magnez-vous.

Je suis complètement retournée. Une crise de panique me saisit : j'ai l'impression d'étouffer, de ne plus pouvoir respirer normalement, l'air semble bloqué, une violente douleur thoracique m'oppresse, mon cœur bat à cent à l'heure, les palpitations me donnent des sueurs, des tremblements, des nausées. Je vacille, c'est un vertige, je vais m'écrouler. Au moment où mon corps bascule, je sens qu'une main me retient. Je reviens à moi, sans doute après avoir perdu connaissance, tous les enfants sont autour de moi, complètement paniqués. J'entends, de très loin, des cris, et une voix, plus rapprochée :

— Maman, ça va, tu m'entends ?

Je fais signe que oui. Très péniblement, je parviens à articuler ces quelques mots :

— Oui, n'appelez pas les pompiers, c'est un malaise.

Ils se mettent à plusieurs pour me soutenir et me relever la tête. Je sens que l'on glisse un oreiller sous ma tête.

— Que s'est-il passé ? Tu as du sang partout...

Je parviens enfin à rouvrir les yeux, à respirer plus calmement. Ma tête tourne encore pourtant. Je recouvre mes esprits petit à petit. Je parviens enfin à expliquer, la gorge nouée, les yeux embués de larmes :

— Clara a été enlevée. Surtout, n'appelez pas la police. Ils peuvent la tuer. Ils m'ont appelée, j'ai couru pour aller chercher le CD des instructions dans la boîte aux lettres, je suis tombée, je n'ai pas pu joindre Papa. Je me suis trouvée mal après avoir écouté le message masqué sur l'ordinateur. Nous avons huit jours pour réunir l'argent exigé, sinon ils lui coupent un doigt.

Théo rallume l'ordinateur placé au-dessus, sur le bureau, et la voix du cauchemar énonce à nouveau ses exigences.

Je demande un seau, je vomis. L'angoisse est trop forte. J'ai du mal à me contrôler. Je ne maîtrise pas grand-chose d'ailleurs. Mon portable sonne. Théo décroche, écoute, répond :

— Oui Papa, nous savons. Maman a fait un malaise. Elle revient seulement à elle.

Je demande à lui parler. Théo me passe son père :

— Oui, ça va. J'ai si peur. C'était une espèce de crise d'angoisse. Ils t'ont contacté ?

— ...

— D'accord. Mon Dieu, la somme est énorme ! Ils ont mis un CD dans la boîte aux lettres qui dit de ne pas appeler la police, qu'elle risque sa vie, qu'ils lui couperont un doigt s'ils n'ont pas l'argent d'ici huit jours, qu'ils donneront le rendez-vous plus tard...

— ...

— OK, à tout de suite. Sois prudent, surtout en conduisant.

Lorsque je raccroche, je donne les dernières informations à Théo et Karl qui me regardent, en proie à une profonde confusion. Ils prennent connaissance du montant exorbitant de la rançon : 300 000 euros en liquide ! Une somme juste folle ! J'essaie de me redresser. J'y parviens enfin. Je fais des gestes lents, je me méfie de moi-même et de mes jambes en guimauve. Il ne manquerait plus que je me casse quelque chose…

Je demande à Théo d'appeler Sandra qui était partie s'acheter un vêtement avec son amie et de lui dire que le dîner avec les amis est reporté, qu'elle rentre sans tarder. Pareil pour ses copains d'escalade et Ilona. Il ne faut surtout pas que l'affaire s'ébruite et que l'un d'eux prévienne la police. Mieux vaut que Clément vienne nous retrouver seul. Karl est de fait au courant mais c'est différent. Il fera ce que nous lui dirons de faire. Il n'a visiblement pas l'intention de nous abandonner maintenant. Théo aussi a besoin de soutien. Nous n'en menons pas large, tous autant que nous sommes.

En attendant l'arrivée de Christian, je vais vite me désinfecter et mettre des vêtements propres.

Dès que je ressors de ma chambre, j'entends la clef qui tourne dans la serrure. C'est Christian. Je me jette en larmes dans ses bras. Après la panique, je sombre dans le désespoir : et si nous n'arrivions pas à réunir la somme à temps ? Avons-nous l'argent seulement ? Pourrons-nous satisfaire leur demande ? Ne feront-ils pas de mal à Clara en attendant de nous la rendre ? Et s'ils ne nous la rendaient pas ? Ou pas vivante ?

Je suis dans tous mes états. Les larmes coulent à flots à présent : la digue a sauté ! Je n'arrive pas à me contrôler. Christian, heureusement, a plus de sang-froid que moi. Il est sans doute aussi inquiet que moi, mais ne le montre pas. Il reste calme, posé, réfléchi. Les enfants restent figés à nos côtés, tristes et impuissants. Théo se ronge tous les ongles nerveusement. Karl est parti aux toilettes : je crois qu'il a une violente diarrhée.

Christian me dit :

— Nous donnerons tout ce que nous possédons. Nous pouvons même vendre des bijoux, des tableaux, n'importe quoi. Le problème, c'est le temps. Il est impossible de réunir cette somme astronomique en huit jours seulement. Nous ne possédons pas ça sur nos comptes. Il faudrait que je puisse leur parler.

— Oh, mon Dieu ! c'est terrible ! Pourquoi nous ? Pourquoi Clara ?

— Ils savent que l'argent de la société représente une grosse somme. Le problème, c'est qu'il ne m'appartient pas vraiment. Quant à Clara, c'était la plus jeune et la plus vulnérable...

Sandra et Clément arrivent dans la foulée : nous leur résumons la situation qui n'est pas brillante, qui s'avère même franchement alarmante. Sandra est secouée de spasmes abdominaux, elle se tord de douleur. Clément aussi est sous le choc : il barre sa bouche avec une main, doigts écartés. Il est catastrophé mais ne dit rien. Il se met juste à trembler. Il a vécu beaucoup d'émotions fortes cette année. La goutte d'eau fait déborder le vase. Il est sensible. La corde est fragile. Pourtant, il essaie de se ressaisir et se montre fort, comme toujours. Je l'admire toujours autant. Je ne lui arrive pas à la cheville.

Nous nous asseyons autour de la grande table de la salle à manger. Nous prenons tous sur nous. Il nous faut sauver Clara. Un conciliabule n'est pas de trop.

Chapitre 21

Nous souhaitons faire le point sur toutes les informations en notre possession, même si leur nombre se compte sur les doigts d'une main. Nous devons nous concerter et ne plus rien laisser au hasard. Toutes les réflexions, suppositions et propositions sont bonnes à prendre.

La première question qui ressort de notre échange concerne la police : faut-il ou non la mettre au courant ? Les avis divergent mais j'insiste pour ne pas mettre la vie de Clara en danger. Tous finissent par se ranger à mon opinion car les ravisseurs ont été formels : « pas d'écarts, sinon Clara paiera de sa personne ». Christian se souvient encore des mots effrayants qu'ils ont utilisés et qui raisonnent encore en boucle dans sa tête.

La deuxième question qui nous préoccupe concerne bien évidemment la rançon : sommes-nous en mesure de disposer rapidement d'une telle somme ? La réponse est non, bien évidemment. Christian va débloquer le maximum de fonds disponibles, aussi rapidement qu'il le peut. Mais pour obtenir des liquidités, c'est long et complexe. En plus, il faut plus ou moins se justifier. Nous sommes angoissés par les délais complètement absurdes imposés qu'il va nous être impossible de respecter. Pauvre Clara ! Nous réalisons que nous ne connaissons ni ses conditions de détention, ni l'heure à laquelle où elle a disparu, ni le lieu où ces monstres l'ont enlevée. Nous ne savons pas comment elle est traitée ni ce qu'ils lui font. Mon

Dieu ! Il s'agit d'une belle jeune fille de quinze ans ! J'essaie de ne pas avoir une imagination débordante et de m'en tenir aux faits connus. Nous sommes dans le brouillard le plus épais, dans une totale impuissance pour le moment. Nous espérons qu'ils vont nous recontacter rapidement comme ils l'ont annoncé à Christian et que nous pourrons parler à Clara, au moins vérifier son état de santé, son état psychologique et moral aussi. Je voudrais tellement pouvoir dialoguer avec elle, la rassurer, lui dire que nous allons faire l'impossible pour la libérer.

Dès les premiers instants où ils ont été mis au courant, ses frères ont tenté de la joindre sur son smartphone et de la localiser, en vain, bien évidemment. Les ravisseurs ont dû le lui confisquer et le détruire immédiatement. Nous avons tous vérifié que Clara n'a pas au moins essayé de nous contacter, même succinctement. Il n'en est rien : elle n'en a sans doute eu ni le temps ni les moyens. Le plus surprenant reste que le rapt ait eu lieu un jour où son emploi du temps n'avait rien d'habituel. Le collège est terminé, elle n'a donc pas parcouru un itinéraire classique coutumier. Le dernier moment où l'un d'entre nous se trouvait en sa présence, c'est vers dix-sept heures : Sandra l'a quittée à la sortie du cours d'apprentissage de la langue des signes, la laissant se rendre en bus chez son amie Elsa. Malheureusement, je l'ai appelée : elle n'a aucune nouvelle de Clara et elle ne s'est pas rendue chez elle comme convenu. L'arrêt de bus se trouve quand même assez loin du lieu du cours et il fallait traverser un parc. L'été, en journée, les parcs sont fréquentés par beaucoup d'enfants qui viennent jouer avec leurs grands-parents, en attendant leur départ en vacances avec leurs parents. Il y a toujours beaucoup de monde dans ce parc, surtout aux alentours de dix-sept heures, je ne comprends pas. Clara est une fille sensée, sérieuse, intelligente : elle n'a pas pu suivre inconsidérément des personnes inconnues. Depuis toute petite, je lui répète de ne jamais le faire. Qu'il s'agisse d'elle ou de ses frères et sœurs, je les ai toujours mis en garde : ne rien accepter de qui que ce soit que l'on ne connaît pas, ne pas se laisser attirer par des friandises ou des promesses alléchantes, ne croire personne d'autre que ses proches. Le refrain est revenu si souvent ! Tous me disaient même que j'étais lourde à force... J'aurais dû continuer à me montrer pesante : je ne l'ai visiblement pas été assez... Ou alors, ils ont eu recours à la force... Quelle horreur ! Sinon, la menace a pu s'avérer convaincante : il suffit d'une arme braquée sur soi pour devenir conciliant... Chaque scénario qui me vient à l'esprit me fait horreur. Peut-être lui ont-ils bandé les yeux pour qu'elle ne sache pas définir le lieu de sa détention ? Peut-être l'ont-ils enfermée dans le noir ? Lui donnent-ils à boire et à manger au moins ? Peut-elle se rendre aux toilettes ? Ne lui ont-ils pas fait de mal ? N'a-t-elle pas froid ? Y a-t-il un lit, ne serait-ce qu'un matelas pour s'étendre ? Que pense-t-elle ? Que sait-elle ? Quel enfer vit-elle ? Tant de questions angoissantes restent en suspens ! Vivement que nous ayons des nouvelles ! Je l'imagine recroquevillée sur elle-même, par terre, pleurant, abandonnée à son triste sort, désespérée... Oh non, je pleure à nouveau ! Ce sont mes nerfs qui lâchent. Je voudrais tellement pouvoir faire quelque chose, décanter cette situation de cauchemar. Je frissonne et frémis d'horreur. Je me demande finalement s'il ne serait pas plus sage de prévenir la police : quel dilemme !

À cet instant, le téléphone sonne. Christian se dépêche d'aller répondre en mettant le haut-parleur :

— Allo ? Qui est à l'appareil ?

— Christian ?

— C'est Lydie. Tout va bien ? Tu as une drôle de voix...

— Oui, oui, tu voulais parler à Élodie ?

— Si elle est là et si je ne la dérange pas…

— Écoute, j'attends un coup de fil important. Il n'y a rien de grave ?

— Non, je venais aux nouvelles.

— Est-ce qu'elle peut te rappeler plus tard ? Elle n'est pas là actuellement et son emploi du temps est chargé.

— Bien sûr. J'ai tardé à l'appeler, je ne suis plus à quelques jours près.

— Elle te rappelle dès que possible. Je t'embrasse.

— Bises.

Lydie est une amie d'enfance avec laquelle je garde des contacts. Nous nous appelons de temps à autre. Christian a été parfait : rien qui puisse éveiller des soupçons sur notre situation précaire actuelle, si ce n'est sa voix qui trahit l'inquiétude et la nervosité. Elle l'a certainement jugé débordé par son travail, comme il a l'habitude de l'être. Elle le connaît. Heureusement que je n'ai pas eu à décrocher : je me serais effondrée directement. J'ai beaucoup de mal à masquer mes sentiments profonds. J'ai toujours l'impression que les gens lisent en moi comme à livre ouvert. Ce n'est pas le moment d'attirer la curiosité sur nous en ce moment ou de montrer un quelconque état de faiblesse. Quant à avoir l'air enjoué, il ne faut pas rêver : autant demander l'impossible…

Chaque seconde qui s'écoule me paraît interminable. Cette attente nous rend dingues. Nous avons tous une boule à l'estomac qui nous empêche d'avaler quoi que ce soit. La contrariété reste le plus efficace des coupe-faim. Christian s'est mis sur l'ordinateur afin de faire le point sur nos différents comptes et nos disponibilités financières. Il me dit qu'avec du temps et un peu de patience, il pourra réunir une bonne partie des fonds, c'est déjà ça. Mais que le temps nécessaire risque de paraître long pour Clara. Si seulement je pouvais la rassurer, lui dire de ne pas s'inquiéter, que nous allons nous soumettre aux exigences de ses ravisseurs et la sortir de l'enfer. Si je pouvais déjà donner cet argent, ce serait déjà fait. Je pourrais alors la serrer dans mes bras, l'embrasser, la caresser, lui dire que tout est fini, qu'il ne lui arrivera plus rien, qu'elle est sauvée, à l'abri et en sécurité.

Christian exige que nous allions nous coucher. Il dit qu'il commence pour sa part à faire des virements et des transferts d'argent, mais que nous devons tous prendre des forces pour tenir le coup. Il sait bien que personne ne va trouver le sommeil. Peu importe. La nuit a déjà bien avancé. Il pense que la fatigue sera mauvaise conseillère, qu'il ne sert à rien de nous ronger les sangs, de tenir debout coûte que coûte : nous sommes tributaires de leurs appels et de leurs revendications. Je sais bien qu'il a raison. Je demande aux enfants d'aller s'étendre : nous les mettrons au courant dès qu'il y aura du nouveau. Moi, je préfère veiller à ses côtés pour le soutenir dans ses démarches. Vers quatre heures du matin, mes paupières sont devenues si lourdes : je ne parviens plus à garder les yeux ouverts, je m'endors posée sur mes bras, avachie sur le coin du bureau. Je sens tout à coup qu'on me secoue pour me réveiller. Christian me traîne au lit de force avec lui. Il a les yeux cernés. La tension nerveuse nous a épuisés. Soudain, je me réveille en sursaut, je suis en eau, trempée de sueur, j'ai fait un cauchemar : pas la peine de le raconter. Il se devine aisément vu mon état émotionnel chargé d'effroi. L'angoisse m'étreint, c'est à me trouver mal. Mes pensées ne quittent jamais Clara. Je souffre autant qu'elle. J'aurais préféré qu'ils s'en prennent à moi. Comme les autres, je dois patienter, attendre, longtemps, infiniment longtemps.

Chapitre 22

Au petit matin, après un assoupissement quasi inexistant et tourmenté, le jour qui commence à poindre nous réveille, alors que le sommeil s'empare de nous, malgré nous : nous sommes toujours en lutte conte lui, inconsciemment. C'est une façon, sûrement, d'avoir l'impression de rester avec Clara, de ne pas l'abandonner lâchement à son triste sort. Très tôt, Christian se lève pour prévenir le bureau qu'il ne se sent pas bien et qu'il ne pourra pas aller travailler. Il prendra des jours de congé au besoin. Heureusement, les enfants n'ont pas encore repris école ou boulot. Ils se trouvaient en vacances jusqu'à la fin de la semaine. Nous pouvons donc rester groupés. J'avais fait un gros plein de courses. Nous avons de quoi tenir quelques jours, le temps de décanter rapidement cette sale affaire qui nous torture, hante nos jours et nos nuits. Vers huit heures, le téléphone sonne à nouveau. Christian se précipite à moitié titubant, n'ayant trouvé un peu de sommeil que tardivement, il y a une heure : son esprit s'avérait trop préoccupé pour se laisser emporter dans les bras de Morphée. Le besoin de repos avait fini par l'emporter cependant. Il a pris l'habitude de mettre le haut-parleur. Les enfants nous rejoignent aussitôt et ensemble nous entendons à nouveau cette voix métamorphosée par l'hélium, qui ne parle que peu de temps pour ne prendre aucun risque :

— Préparez l'argent sans tarder. Vous donnons huit jours max. Regardez régulièrement votre courrier.

Christian tente alors de poser une question, mais la voix continue, sans en tenir compte :

— Vous donnerons preuve que Clara toujours en vie. Faites vite. Ne plaisantons pas. Surtout pas de police ! Vous le regretteriez.

On raccroche. Désormais, nous enregistrons tous les messages reçus afin de pouvoir les réécouter, même s'ils ne donnent aucune piste sérieuse. Inutile de préciser que nous enchaînons les allers-retours à la boîte aux lettres. Nous supposons qu'ils vont poster des ordres de différents endroits pour que le cachet de la poste n'offre aucune indication. Ils ne risqueraient pas de déposer eux-mêmes les courriers sur place. Pour le moment, il n'y a que de la publicité. Le facteur n'a pas encore dû passer. Quant aux messages, ils arrivent en appels masqués, non localisables : sacrément malins ces imposteurs ! Ils n'utilisent pas internet non plus, par sécurité. La police aurait des moyens plus sophistiqués pour les trouver mais nous avons trop peur pour Clara. Nous préférons ne pas tenter le diable.

Vers onze heures, alors que nous sommes tous aussi angoissés que somnolents, Théo revient de la boîte avec une enveloppe kraft contenant un poème écrit par Clara, je reconnais son écriture. Ils ont dû lui demander d'écrire un message afin de pouvoir vérifier qu'elle ne disait rien qui soit digne d'intérêt, mais rassurant quant à son état global. Voici ce qu'elle a écrit :

Acceptez sans condition tout ce qu'ils veulent.
Les jours passent et je me sens franchement très seule.
Les nuits s'écoulent sans que je puisse dormir vraiment
En faisant d'innombrables et horribles cauchemars.

Mais je ne suis pas maltraitée, rassurez-vous,
Au moins en attendant le prochain rendez-vous,
Normalement, celui où vous remettrez l'argent.
De toute façon, ils attendent ce précieux moment.

Je suis complètement retournée en lisant ce poème. Les larmes me montent aux yeux : ma petite fille adorée, si douce, si calme, si mignonne, aux mains d'ignobles personnes. Les mots se bousculent dans mon cerveau « seule », « nombreux et innombrables cauchemars ». Je retiens l'essentiel « je ne suis pas maltraitée, rassurez-vous ». Je vois pourtant à quel point elle compte sur nous pour donner cet argent qui peut la libérer, la sauver. Je demande à Christian si le recueil des fonds avance. Bien sûr, il fait le maximum. Il est déjà allé à la banque plusieurs fois. Les mouvements de fonds sont étroitement surveillés et doivent être justifiés. Il fait pour le mieux, je le sais. Je regarde le cachet de la poste : Paris 6eme. À mon avis, ça ne veut rien dire, ils vont changer d'arrondissement à chaque fois. Pour moi, l'essentiel est qu'ils ne la touchent pas et ne lui fassent aucun mal. L'argent je m'en fous. Par contre, j'aimerais vraiment voir ces ordures en tôle ! Ils nuisent, font du mal, détruisent la vie d'une jeune fille qui n'a rien demandé à personne. Au mieux, même si l'histoire évolue bien, Clara ne sortira pas indemne : elle restera marquée longtemps, peut-être même pour toujours. Elle aura des craintes et des appréhensions jusqu'à la fin de ses jours. Elle sera ébranlée, choquée psychologiquement. Elle risque d'être perturbée un sacré bout de temps, revivant toutes les nuits ce cauchemar traumatisant. Comment rester sereine, confiante, et vivre normalement après une telle détention ? Elle n'ira pas bien, c'est certain. Il faudra qu'elle soit suivie, aidée, entourée. Là n'est pas le problème. Avant de songer à l'après, il nous faut nous contenter du présent, loin encore d'être résolu.

J'ai la peau qui me gratte, partout. Lorsque je regarde, je vois sur mon corps d'immenses plaques rouges qui se déplacent : je fais une éruption d'urticaire géante ! Je suis allergique à ces saloperies ! Je vois aussi plein de boutons rouges qui me démangent aux poignets et aux coudes : j'ai plein d'eczéma partout ! Même les oreilles et le cuir chevelu me grattent. Je sens des boutons dans mes cheveux : j'ai une dermite séborrhéique... Tout ça n'est causé que par le stress, l'angoisse. Je somatise : c'était prévisible, inévitable... Mes appréhensions sortent de partout ! Cette situation est si pénible à vivre, si difficile à endurer. Je me mets chaque seconde qui passe dans la peau de ma petite Clara chérie, qui me manque tant et que j'imagine en proie à de graves inquiétudes. Chaque heure équivaut à une éternité, chaque jour à une nouvelle ère. Elle doit se morfondre en attendant, patiemment, sagement, douloureusement, d'être relâchée.

Ils paieront ces monstres !

Chapitre 23

Comme la veille, j'attends le courrier avec une impatience démesurée. Christian œuvre, pour sa part, aux tâches qui lui incombent : les finances. Lorsque je me rends à la boîte aux lettres, à l'heure à laquelle le facteur est passé la veille, j'aperçois une nouvelle enveloppe kraft. Je la déchire trop avide de prendre connaissance de son contenu. Je trouve à l'intérieur, cette fois, deux poèmes. Je les découvre sans plus attendre, je n'y tiens plus. À chaque fois que je vois l'écriture de ma petite Clara, je m'effondre. J'essuie mes yeux embués avec le bas de mon tee-shirt : les larmes me brouillent la vue et m'empêchent de lire correctement. Le premier poème m'émeut d'emblée :

Tous autant que vous êtes, je vous ai aimés.
Je vous envoie d'énormes bisous à tout va.
Des milliers de très gros câlins à profusion.
Sans exagérer, j'ai les nerfs à fleur de peau.
Des angoisses, mal au ventre, la migraine aussi.
Rester ici serait vraiment insupportable.
Je ne peux rien faire, je suis vraiment désarmée.
Ma tendre affection chaque jour vers vous s'en va.
Je finis par me sentir dans la confusion.
Je m'ennuie très fortement, toujours au repos.
J'espère que je vais vite pouvoir sortir d'ici.
Les conditions de vie sont insupportables.

Dès le premier vers, l'emploi du passé me bouleverse : « je vous ai aimés », dit Clara. On dirait qu'elle désespère de nous revoir un jour, qu'elle perd confiance, qu'elle ne pourra plus nous aimer, que son amour fait partie du passé. Les mots me poignardent, je suffoque, je hoquette. Lorsqu'elle réutilise le présent, je respire mieux : « je vous envoie d'énormes bisous à tout va », « des milliers de très gros câlins à profusion ». Non, elle sait que nous allons la sauver, la sortir de cette horrible galère. J'essaie de me rassurer. Elle nous envoie tant d'amour que je ne peux même pas lui rendre, lui retourner ! Elle parle de « sa tendre affection » qu'elle nous adresse chaque jour ! Et moi qui ne peux même pas la rassurer, lui donner de la tendresse pour la soutenir...

Je relis le poème encore une fois. Là, je ne retiens que les maux qu'elle évoque et qui sont les siens : « nerfs à fleur de peau », « angoisses », « mal au ventre », « migraine ». Visiblement, son mal-être est sincère, profond : elle se dit « désarmée », « dans la confusion ». Elle ne peut « rien faire » dit-elle. Elle se sent impuissante, perturbée. Je la sens si malheureuse, avec des conditions de vie précaires, « insupportables ». Elle doit se trouver recluse dans une petite pièce avec le minimum vital. Elle doit trouver le temps tellement long ! Elle reconnaît qu'elle « s'ennuie très fortement ». Pourtant, elle garde espoir et le dit franchement : « j'espère que je vais vite pouvoir sortir d'ici ».

Quelqu'un passe dans la rue et me regarde en larmes à côté de ma boîte aux lettres, je me décide à rentrer. Il ne faut pas que je me donne en spectacle ou que j'attire l'attention. Je suis stupide, je fais n'importe quoi. En plus, les autres attendent aussi les nouvelles avec la plus vive impatience, à la maison...

Lorsque j'entre dans la maison en criant qu'il y a du nouveau, tous se jettent sur moi. Je leur laisse le premier poème, tandis que je découvre le second :

T'aimer m'aura aidée tout au long de ma vie.
Avoir une maman comme toi fait très envie.
Trépasser sans te revoir serait difficile.
Mobilisez-vous, même si ce n'est pas facile.
Galère est ma détention, l'enfer du malheur.
Dormir à la maison me ferait chaud au cœur.

Les paroles de Clara me retournent à nouveau. J'ai tant de peine. C'est affreux. Elle me prend par les sentiments. Je m'écroule cette fois. Je me sens partir. Je me trouve mal. Ma vue se brouille, je vois du noir, j'ai tout juste le temps de m'effondrer sur le canapé. Il s'agit très certainement d'un malaise vagal. J'ai dû perdre connaissance quelques instants. Quand je reviens à moi, toute la famille m'entoure : ils ont eu peur, je crois. Ils m'assaillent tous de questions : « ça va Maman ? », « Tu te sens comment ? », « Tu t'es évanouie tout d'un coup ? », « Ça va mieux ? ».

Christian m'explique qu'ils ont entendu un gros bruit lorsque je me suis écroulée. Ils sont tous arrivés très vite à ma rescousse. Je reprends mes esprits petit à petit. Je n'ai ni beaucoup mangé ni beaucoup dormi ces derniers temps. La fatigue et l'émotion dues à la lecture du poème ont eu raison de ma fragilité. Je ne me sens guère vaillante, mais il faut que je tienne le coup. Je n'ai pas le choix. Lorsque je leur dis qu'il s'agit juste d'une petite faiblesse passagère, ils m'ordonnent de rester assise et Sandra se précipite pour préparer un déjeuner plus consistant que ceux que nous avons réussi à avaler ces derniers jours. Ils reprennent la lecture du premier poème en lisant à voix haute pour que Sandra entende depuis la cuisine. Moi, je me penche sur le second. Mais je reste assise, je ne souhaite pas défaillir une seconde fois. Je crois que c'est le mot « trépasser » qui m'a fait un choc, en y réfléchissant bien. Elle s'exprime clairement : elle m'aime et souhaite me revoir. Quoi de plus normal pour une jeune fille de quinze ans... Ce qui m'affecte également, ce sont les mots sombres et sinistres « galère », « détention », « enfer » et « malheur » qui témoignent de son cauchemar. Elle nous demande de nous mobiliser, cela se comprend : elle en a ras le bol ! Elle sature, elle en a marre d'être dans sa prison inconfortable sans savoir de quoi ses lendemains seront faits. Moi aussi, je voudrais tant pouvoir la voir dormir dans son petit lit, dans sa chambre qu'elle adore, pouvoir lui faire d'innombrables gros bisous et la serrer tout contre moi, bien fort. Je suis dans mes pensées lorsque, tout à coup, je réalise que Clara nous envoie des poèmes. C'est surprenant. Si elle n'est pas bien, elle n'a sûrement pas envie d'écrire des poèmes. Si elle le fait, c'est qu'elle a une bonne raison. Sinon, elle écrirait simplement. Je réfléchis intensément. Soudain, une lumière éclaire mon esprit. Lorsque nous écrivons des poèmes ensemble, je lui fais découvrir des techniques d'écriture. Ça l'amuse, elle adore ! Et si elle essayait d'utiliser ces techniques pour me faire passer des messages, sans que ses ravisseurs se doutent de quoi que ce soit, ni vu ni connu ? Je fais un bond, je suis debout en une fraction de seconde. Je réunis les trois poèmes reçus et je les observe attentivement. Je les scrute, les décortique, dans tous les sens. Je pousse un cri. Tous sont affolés ! Ils se demandent si je fais encore des miennes... En fait, je suis totalement excitée ! Je crois que j'ai trouvé ! Clara est vraiment une ado étonnante, si intelligente ! Elle est géniale ! Elle m'épatera toujours celle-ci !

Tout le monde m'entoure sans comprendre les raisons de ma joie soudaine. Je leur explique alors la découverte que je viens de faire : Clara nous parle au travers de ses poèmes et j'arrive à les décrypter !

Je reprends les poèmes un par un et j'amorce mon explication de textes. Regardez le premier, je leur dis, il s'agit d'un acrostiche :

Acceptez sans condition tout ce qu'ils veulent.
Les jours passent et je me sens franchement très seule.
Les nuits s'écoulent sans que je puisse dormir vraiment
En faisant d'innombrables et horribles cauchemars.
Mais je ne suis pas maltraitée, rassurez-vous,
Au moins en attendant le prochain rendez-vous,
Normalement, celui où vous remettrez l'argent.
De toute façon, ils attendent ce précieux moment.

Clara a écrit le mot ALLEMAND avec les premières lettres de chaque vers, comme nous l'avions fait avec le poème destiné à Clément. Ses ravisseurs sont peut-être allemands ou parlent cette langue, en tout cas.

Je leur montre le second :

Tous autant que vous êtes, je vous ai aimés.
Je vous envoie d'énormes bisous à tout va.
Des milliers de très gros câlins à profusion.
Sans exagérer, j'ai les nerfs à fleur de peau.
Des angoisses, mal au ventre, la migraine aussi.
Rester ici serait vraiment insupportable.

Je ne peux rien faire, je suis vraiment désarmée.
*Ma tendre affection chaque jour vers vous s'en **va**.*
Je finis par me sentir dans la confusion.
*Je m'ennuie très fortement, toujours au **repos**.*
*J'espère que je vais vite pouvoir sortir d'**ici**.*
Les conditions de vie sont insupportables.

Clara a utilisé les dernières syllabes de chaque vers pour écrire deux fois : ÉVASION POSSIBLE. Je suis soufflée de voir qu'elle arrive à réutiliser aussi facilement et aussi judicieusement les techniques marrantes que je lui ai apprises pour jouer avec les mots et la langue française. Du coup, tous attendent avec impatience ce que révèle le dernier poème. J'avoue que je n'ai pas encore trouvé. Il faut que je l'observe attentivement. Je vais forcément trouver en me creusant un peu la cervelle. Je le relis avec un regard différent, sans m'attacher au fond comme auparavant. J'ai trouvé ! Je suis trop contente ! Clara a utilisé cette fois, la première syllabe de chacun des vers pour écrire : THÉÂTRE MOGADOR !

T'aimer m'aura aidée tout au long de ma vie.
Avoir une maman comme toi fait très envie.
Trépasser sans te revoir serait difficile.
Mobilisez-vous, même si ce n'est pas facile.
Galère est ma détention, l'enfer du malheur.
Dormir à la maison me ferait chaud au cœur.

Clara se révèle vraiment très impressionnante. Quelle merveilleuse et subtile idée elle a eue ! Je n'en reviens pas encore ! Notre complicité littéraire parvient à nous permettre de communiquer impunément : c'est extraordinaire ! Nous allons sûrement obtenir d'elle de nouvelles informations. Mon effervescence a motivé toute la famille qui semble un peu moins abattue. Nous retrouvons un peu d'espoir qui se lit sur tous les visages, un peu moins crispés. Nous possédons désormais des informations clefs, sous toute réserve bien évidemment. Il reste envisageable que Clara soit au théâtre Mogador, entourée de gens parlant allemand et que son évasion soit possible. Nous allons déjeuner très rapidement avec ce que Sandra nous a gentiment préparé, en réfléchissant tous ensemble à ce que nous pouvons envisager de faire désormais. Très sérieusement, chacun fait des propositions. Il en ressort qu'il faut aller en repérage, voir comment se présente le quartier, le théâtre, l'environnement. Christian doit continuer à réunir l'argent pour assurer nos arrières et moi, à décoder les poèmes qui vont arriver prochainement. Clément se propose d'aller en repérage, voire même d'entrer dans le théâtre : personne ne se méfie d'un handicapé en fauteuil roulant. Nous trouvons l'idée plutôt bonne, à condition qu'il soit accompagné par Théo, au cas où…

Après un court mais véritable repas qui nous a redonné des forces, nous reprenons courage et espoir. Certaine de ne pas recevoir de nouveau courrier dans cette même journée, je décide de me rendre au théâtre avec les garçons. J'inspecterai les espaces extérieurs, Clément et Théo essaieront de se glisser à l'intérieur, si tout n'est pas fermé. L'accent allemand perceptible de Karl pourrait paraître suspect. Il vaut mieux qu'il reste à la maison avec Sandra. Nous prenons donc tous les trois la voiture aménagée de Clément. Nous trouverons également une place plus facilement, je pense. Les places réservées aux personnes handicapées sont maintenant nombreuses heureusement, mais respectées, pas toujours, pour mon plus grand regret. Cela m'a beaucoup étonnée : même avec la crainte de se voir pénalisées d'une amende, d'irrespectueuses personnes sans invalidité trouvent encore le moyen d'usurper ces places censées rester disponibles. Ça me rend folle : il faut encore ajouter des panneaux du genre « Si vous prenez ma place, prenez mon handicap » pour stimuler les consciences ! Ce n'est vraiment pas normal ! On voit que les personnes bien portantes et sans problème moteur ne se mettent pas du tout à la place de celles qui se déplacent difficilement, au prix d'efforts surhumains parfois. Elles n'oseraient pas, dans le cas contraire, s'arroger des droits dont elles n'ont absolument pas besoin. Mais l'homme est parfois bien égoïste. Si chacun se mettait systématiquement dans la peau de l'autre, nous assisterions à moins de bassesses et d'incivilités… Nous ne vivons malheureusement pas dans un monde parfait, mais je suis certaine qu'on peut faire bouger les choses, faire évoluer les mentalités, éveiller les esprits retors. Il existe bien sûr les imbéciles invétérés que l'on ne transformera pas en êtres intelligents, sensibles et ouverts d'esprit, mais il reste les mal éduqués encombrés d'œillères dont on peut susciter la prise de conscience et la métamorphose. Avec du temps et des efforts, la transformation des mœurs et des pensées peut s'effectuer. Je reste optimiste.

Karl, qui est fan de drones et a appris à les manier avec aisance, nous propose un repérage de l'espace. Il sait que la loi interdit purement et simplement le survol de Paris, mais autorise le survol de propriétés privées. Or, il connaît bien le quartier parce qu'un ami de son père réside justement dans une petite maison juste à côté du théâtre, où ils ont souvent été invités à dîner ces dernières années. Il possède un tout petit jardin et y a déjà fait une démonstration. Même si nous ne souhaitons prendre aucun risque, du moins le minimum nécessaire, nous retenons sa proposition parce qu'en l'occurrence, il s'agit de sauver une vie.

Je suis heureuse de voir qu'avec sa voiture, Clément a conservé une plaisante autonomie et qu'il ne se limite pas dans ses déplacements. Si ce n'était pas pour délivrer Clara, je me serais fait une joie de le voir conduire ainsi, avec assurance et habitude désormais. Lorsque nous arrivons sur place dans le 9ème arrondissement, Clément se gare et nous nous approchons. Nous remarquons d'emblée que d'importants travaux sont en cours dans le quartier et à l'entrée du théâtre : les engins de chantier et autres marteaux-piqueurs font un bruit énorme, remarquable d'emblée. Je comprends mieux pourquoi Karl avait noté en cherchant sur internet que toutes les représentations étaient suspendues jusqu'à nouvel ordre. D'après lui, il semblait pourtant possible de se procurer des billets à l'avance sur le web ou sur place. Clément et Théo s'approchent donc afin d'entrer pour se procurer des tickets de réservation. Je reste dehors dans le but d'étudier les environs. Je joue les touristes en train de prendre un maximum de photos. Avec mes lunettes de soleil, mes cheveux attachés et mon chapeau, j'emprunte le rôle de l'Américaine assoiffée de trésors architecturaux du passé. Clément et Théo n'ont pas l'air de ressortir immédiatement. Peut-être, sans méfiance vis-à-vis d'une personne handicapée, les a-t-on laissés aller visiter les coulisses ? Qui sait ? Mais après tout, rien ne prouve que Clara se trouve détenue là. Pourtant, si elle nous a indiqué ce lieu, c'est donc qu'elle a vu ou lu quelque chose qui a pu lui mettre la puce à l'oreille. Nous devons prendre les informations qu'elle nous communique au sérieux.

Soudain, une angoisse me tenaille : et s'il arrivait quelque chose aux garçons ? Et s'ils étaient reconnus ? Et si on les gardait en détention eux aussi ? Mes membres se mettent spontanément à trembler. Je n'arrive pas à contrôler leurs mouvements. Il faut que je me reprenne : j'entreprends des respirations abdominales profondes comme me l'a enseigné ma professeur de yoga. Il faut que je parvienne à me calmer, à maîtriser mes angoisses. Je me sens instantanément rassurée lorsque je les vois enfin ressortir avec des billets à la main. Ils viennent rapidement vers moi, visiblement excités :

— La dame au guichet est partie un moment, peut-être aux toilettes. Alors que nous prenions des photos de l'entrée du théâtre, traînant un peu sur les lieux, nous avons décidé de nous avancer un peu dans les coulisses sans y être conviés. Figure-toi que nous avons entendu parler allemand. Nous avons fait demi-tour immédiatement. Il semble que Clara nous ait mis sur une voie crédible. Maman, je suis content que nous ayons pris l'initiative de nous aventurer un peu plus loin dans ce théâtre, jusque vers les coulisses. À un moment donné, Clément a dû s'arrêter et m'attendre à cause de marches d'escalier. J'ai poursuivi mon chemin plus avant sans lui. Nous avions le cœur qui battait très fort, au point que nous avions l'impression que tout le monde pouvait nous entendre, mais nous n'avons pas reculé devant l'obstacle. Le résultat s'avère positif et nous semblons être en bonne voie. Heureusement, la dame au guichet n'était toujours pas revenue lorsque nous sommes ressortis, c'était ce qui nous inquiétait le plus : nous n'avons pas eu à nous justifier.

Alors que nous rentrons en voiture, nous avons tous les trois le cœur qui se serre, avec cette sensation pénible de nous éloigner de Clara et de l'abandonner à son triste sort. Un silence pesant accompagne d'ailleurs notre trajet.

Le soir, à la maison, nous faisons, en famille, le tour des renseignements acquis. Nous avons le sentiment de « brûler », au moins de « tiédir ». Christian progresse dans ses démarches administratives, ce qui nous rassure un peu. Mais les jours passent et nous pensons que notre pauvre Clara doit trouver le temps bien long. Nous faisons tous de notre mieux, elle y compris. Il nous tarde de recevoir ses prochains poèmes pour obtenir de nouvelles informations. Pourvu qu'ils continuent à nous en envoyer. Les cachets de la poste indiquent bien des lieux différents comme j'en avais le pressentiment : les enveloppes ne sont jamais postées au même endroit. Ils s'arrangent, de leur côté, pour ne rien révéler qui puisse nous permettre de nous rapprocher d'eux. Ils appellent le moins possible également. Rien de surprenant.

Chapitre 24

Après une nouvelle nuit chaotique et décousue, je reste, le matin, fidèle à mon poste de traductrice. J'attends avec une impatience débordante le nouveau courrier. Mais je réalise que je ne suis pas sûre qu'il y en aura un tous les jours. C'est pour eux une preuve qu'elle est encore en vie. Pour moi, il s'agit du service de renseignement. Je ne pensais pas devenir un jour interprète : à la guerre comme à la guerre... Par moment, je doute de mes capacités : et si je ne parvenais pas à trouver les nouveaux indices ? Je me rassure en me disant que l'intuition sera toujours là pour me guider. Nous espérons tous, en fait, pouvoir la localiser plus précisément, pour programmer une intervention : elle a bien précisé qu'une « évasion » était « possible », sinon, elle ne l'aurait pas dit. Aujourd'hui, j'appréhende, je ne sais pour quelle raison : la peur ? La fatigue ? L'inconscient ? Le désespoir ? Lorsque Théo descend à la boîte, il remonte bredouille : ou c'était trop tôt ou il n'y aura pas de poèmes aujourd'hui... Nous le saurons bientôt.

Vers onze heures trente, enfin, j'aperçois la fameuse enveloppe kraft. Ce seul lien avec Clara me fait frémir de joie et d'angoisse à la fois. Ce que je ressens est franchement bizarre : je suis contente et terrifiée en même temps. Comme la veille, j'ouvre sans attendre. Je tombe d'emblée sur une feuille avec des lettres découpées et collées : une lettre anonyme dont je connais l'origine. Une source malheureusement pas assez précise à mon goût... Le texte dit :

Espérons obtenir bientôt la rançon. Si vous dépassez le délai exigé, Clara perdra un doigt par jour. Magnez-vous. Soyez dans les temps.

Je frémis d'horreur. Autant au début, j'avais envie de pleurer, maintenant, j'ai clairement envie de les étriper ! Je me retiens pour ne pas tout casser autour de moi. Je choisis le mur de l'entrée pour frapper mon poing et libérer la tension qui m'étreint. Je me fais vraiment mal : le geste était violent. Il me fallait cette douleur lancinante pour atténuer ma colère, ma haine, ma rancœur. Le ressentiment que j'éprouve se traduit par une agressivité dont je ne me croyais pas capable. L'amertume écrase mon impuissance. Mais ils ne paient rien pour attendre ces ordures ! Ils me dégoûtent ! C'est tellement lâche et vil de s'en prendre aux jeunes, fragiles et vulnérables ! Inconsciemment, je me mets à parler à Clara : « ils paieront cher ces fumiers ! Je te le promets ! »

Je peste, j'enrage, j'ai envie de broyer ou réduire en miettes ce torchon dégoûtant, mais je me retiens, je veux le montrer à tout le monde. Je vérifie qu'il y a bien un ou plusieurs poèmes : ouf ! Il y en a deux. J'ai du travail. Je me mets de suite au boulot, tandis que les autres lisent la lettre anonyme avec le même dégoût. J'entends Sandra qui dit :

— Sales bouchers tortionnaires !

Théo ajoute :

— Monstres ! On vous aura !

Karl marmonne dans sa barbe, mais je crois entendre :

— Bourreaux d'enfants !

Pour ma part, avant même qu'ils me rejoignent (Christian circule entre les banques et autres assurances), je me penche sur les poèmes joints.

Le premier poème est le suivant :

*La **fenêtre** de mon avenir s'obscurcit.*
*J'aime regarder la **fenêtre** du passé.*
*La **fenêtre** de mes jours se noircit.*
*Je vois la **fenêtre** de ma vie se tasser.*
*Je cherche la **fenêtre** des jours adoucis.*
Celle des beaux jours où l'affaire sera classée.

Le message de Clara me saute aux yeux : le mot « fenêtre » revient de nombreuses fois. C'est celui qu'elle souhaitait mettre en évidence, tout comme le mot amour dans le poème que j'avais adressé à Christian. Je suppose que le lieu où elle se trouve comporte une fenêtre. Sandra me dit :

— Assurément.

Je regarde ensuite le second poème. Il me faut bien dix minutes cette fois pour découvrir le fameux message caché. Je pensais qu'elle utiliserait à chaque fois une nouvelle technique. Or, cette fois-ci, ce n'est pas le cas : elle a à nouveau utilisé la dernière syllabe de chaque vers, la rime en quelque sorte. Elle a écrit deux fois : COURAMMENT.

*Le désespoir s'en va et revient par à-**coups**.*
*J'espère que bientôt ce cauchemar fin**ira**.*
*Rassurez-vous, je tiens courageuse**ment**.*
*Ils ne m'ont jusqu'à présent pas donné de **coups**.*
*Je pense au moment où l'on se retrouv**era**.*
*Je l'attends de tout mon cœur si impatiem**ment**.*

J'essaie de faire le lien avec les informations précédentes. Pour le coup, ce n'est pas évident. La seule association que je puisse faire c'est « COURAMMENT ALLEMAND ». Elle sait que Karl est allemand, comprend et parle cette langue : sans doute nous suggère-t-elle d'utiliser cette compétence pour la tirer d'affaire ? Elle ne doit pas comprendre ce qu'ils se disent entre eux et juge utile de maîtriser la langue pour une tentative d'évasion. Elle-même apprend l'espagnol mais connaît les sons gutturaux de cette langue car elle a déjà entendu Karl, plusieurs fois, parler à son père au téléphone dans sa langue natale.

Cet après-midi-là, Karl n'y tient plus : il veut essayer de repérer les lieux avec un drone, depuis le jardin de l'ami de son père à côté du théâtre. Nous trouvons qu'il prend des risques non mesurés : l'utilisation de drone à Paris est passible d'un an de prison et de 75 000 € d'amende ! Il dit qu'il le fera en fin de nuit, dans la pénombre, mais que le bruit du drone sera alors couvert par celui du chantier qui démarre de bonne heure, comme il a pu le vérifier. J'avoue que je suis de moins en moins sereine. Je veux sauver Clara bien évidemment, mais pas au risque et péril de l'un des nôtres à nouveau. Sa proposition tentante me contrarie trop. Karl nous dit qu'il ne lui est plus permis à présent de rester les bras ballants, sans rien faire. Il a pitié de Clara et se met à sa place : il voudrait que quiconque tente l'impossible pour le sortir de là… Karl est vraiment un garçon adorable. Je l'apprécie tellement. Sa gentillesse et son dévouement m'ont toujours attendrie. Ceci dit, là, nous ne jouons pas. Ce qu'il envisage de faire est grave et sérieux. Nous sommes tous d'accord pour reconnaître que sa démarche est touchante mais pas du tout raisonnable, encore moins envisageable. Il nous répond qu'il pense à Clara et se fiche pas mal de ce que nous pensons. Il ajoute :

— Ne vous inquiétez pas, je serai particulièrement prudent. L'ami de mon père est d'accord pour que j'opère depuis son jardin. Je lui ai expliqué, sans détour, qu'il s'agissait de vie ou de mort, mais que je ne pouvais lui en dire plus. Il m'a dit qu'il serait dans son lit et pas forcément au courant de ce qui se tramait chez lui, au cas où. Quant au bruit fait par le drone, il ne s'inquiète pas trop, car il a plusieurs ruches dans son jardin, qui font parfois un bourdonnement un peu similaire. Personne ne possède par ailleurs une vue plongeante sur son jardin qu'il juge impénétrable.

Pour nous rassurer, Karl nous précise qu'il possède un drone dernier cri, un modèle tout petit, plus silencieux et capable de rester plus longtemps en vol que la plupart de ceux existants. Il a mis une petite fortune dedans, aidé par son père : quand on a une passion, on ne compte pas !

Théo met son veto à sa décision : il n'est d'accord que s'il l'accompagne pour lui servir de sentinelle, afin de le prévenir si un danger se présente. En guettant de l'extérieur, il pourra l'avertir au moindre doute, s'il constate quelque chose d'anormal. Il exige qu'ils soient reliés entre eux par mesure de sécurité, avec un portable vibrant. Il n'a pas tort.

Autant dire que la nuit prochaine va encore s'avérer éprouvante. Nous n'avons pas fini de nous faire du mouron. Quel cauchemar cette histoire de fous ! Personne n'est zen mais tout le monde voudrait en finir.

Chapitre 25

Bien évidemment, nous attendons tous, songeurs et inquiets, le retour de Karl et Théo dans la nuit. Nous nous faisons un souci d'enfer, espérant qu'aucune voiture de police ne passera à l'horizon au moment de l'infraction. Si Karl souhaite transgresser la loi, c'est seulement pour sauver Clara, pas pour commettre un délit. Il joue gros mais l'enjeu est de taille également. Lorsqu'ils rentrent à l'aube, nous sommes tous réveillés, impatients de les entendre arriver et de savoir s'ils n'ont pas commis d'impair. Nous soufflons vraiment lorsqu'ils nous disent que rien d'anormal ne s'est produit, qu'ils ne semblent pas avoir été repérés :

— Tout s'est déroulé dans l'obscurité et un calme relatif, puisque le drone faisait quand même un certain bruit malgré ceux du chantier voisin, dit Karl. Mais son bruit restait honnête. Je craignais qu'il soit plus marqué encore.

Tout semble s'être bien passé. J'ai l'impression qu'ils ont mené à bien une mission impossible. Ils ont l'air épuisés mais contents. Le sourire qu'ils affichent compense les grosses poches noires qui cernent leurs yeux.

Maintenant que nous sommes un peu tranquillisés, nous avons hâte de savoir ce que le drone a pu repérer et photographier. Il s'avère, après étude du film enregistré et visionné, que Clara semble détenue dans une pièce éclairée par un vélux très en hauteur. L'endroit correspond à peu près à l'endroit où les garçons ont entendu parler allemand. Tout semble coïncider. Nous envisageons, cette fois, d'établir un plan de libération. Lorsque la discussion s'engage, nous sommes tous assez nerveux et excités. Le délai qui nous a été imparti pour réunir les fonds approche. Christian œuvre jour et nuit pour parvenir à cette fin, mais il n'obtiendra pas la totalité en si peu de jours, c'est certain maintenant.

Les enfants estiment que nous ne devons plus attendre sans rien tenter, mais que je dois, pour ma part, poursuivre mes décryptages en quête de nouvelles informations qui pourraient nous être utiles. Théo et Karl, auteurs de prouesses en escalade, se sentent capables de grimper au-dessus du velux et l'atteindre en passant par le toit d'un petit entrepôt visiblement désaffecté.

Théo compte emprunter à son patron, dans son atelier de verrier, une petite machine capable de faire un trou dans le verre du velux (avec une batterie intégrée). Là encore, les travaux couvriront le bruit de découpe du verre. Les bruits du chantier sont réellement assourdissants. Ils permettront d'œuvrer plus sereinement. Le plus compliqué sera de porter l'appareil qui pèse son poids malgré tout. Mais les garçons ont l'habitude, dans leurs périples en escalade, de se charger lourdement avec le matériel, l'eau et les victuailles pour plusieurs jours.

Sandra, pour sa part, se hissera à l'aide d'une échelle rigide. L'ami du père de Karl possède une immense échelle qu'il conserve dans son jardin pour vider tous les ans ses gouttières. Elle y reste toujours, Karl a vérifié qu'elle s'y trouvait encore. Elle sera ensuite aidée par les garçons pour poursuivre son ascension, de façon à pouvoir apercevoir Clara dans le but de communiquer avec elle dans la langue des signes. S'il y a le moindre danger ou que les ravisseurs se pointent au mauvais moment, Clara pourra avertir sa sœur sans faire aucun bruit.

Clément est chargé, pour sa part, d'essayer de faire diversion, d'attirer l'attention des ravisseurs vers lui, de les distraire depuis l'intérieur du théâtre : ils se méfieront moins d'une personne en fauteuil roulant. Il retournera ensuite à sa voiture garée juste à côté, prêt à démarrer avec les filles et les garçons si la mission réussit.

Clara est souple, fine et légère : en acrobate accomplie, elle pourra se hisser dehors à l'aide d'une échelle non rigide commandée en Chronopost sur internet. Elle doit arriver demain, dans la matinée.

Si jamais les événements tournaient mal, Karl pourrait entamer les négociations en allemand.

J'espère que nous n'avons pas regardé trop de films policiers, que nous ne nous mettons pas le doigt dans l'œil, que notre projet est réalisable. Tout paraît si simple et tout va s'avérer complexe. Les impondérables, à coup sûr, vont nous mettre plein de bâtons dans les roues. J'ai carrément l'impression de ne plus vivre dans la réalité. J'espère surtout que le film va bien se terminer ! Je crois que cette histoire nous a tous rendus dingues et inconscients. Nous sommes de vrais malades ! C'est l'amour, et lui seul, qui nous guide... La raison n'a plus droit à la parole. Nous prenons la mesure de ce que Clara endure et risque : après, nous agissons, inconsidérément peut-être, mais nous voulons faire cesser cet enfer et enlever l'épée de Damoclès qui pend au-dessus de sa tête.

Si la tentative devait se solder par un échec, nous avons tout prévu. Christian se tiendra non loin avec l'argent qu'il a pu obtenir. Moi, j'aurai le combiné en main pour appeler la police.

Nous la laisserions alors boucler le périmètre et prendre la situation en main, avec les équipes d'intervention expertes. Nous envisageons de passer à l'acte dès demain après-midi.

Chapitre 26

La nuit, nous tâchons tous de prendre des forces. Nous allons en avoir besoin pour la journée dangereuse, épique et mouvementée qui s'annonce. Par moment, je me dis que des grains de folie nous ont traversé l'esprit. C'est même un euphémisme de la réalité.

Pourtant, nous sommes prêts à exécuter notre plan. Convaincus, je ne sais pas, mais décidés, c'est certain.

En fin de matinée, je vais relever une nouvelle fois le courrier : une enveloppe kraft m'attend au milieu de la publicité et des factures. Je me précipite à la maison pour ouvrir l'enveloppe et lire son contenu. Il n'y a aujourd'hui aucun mot d'horreur joint, juste deux nouveaux poèmes. Le premier est le suivant :

Rien ne servirait de crier
Mon amour par-dessus les toits
Vous ne pourriez m'entendre hurler
L'affection qui déborde de moi.

J'aimerais pourtant entendre
Le doux gazouillis des oiseaux,
Les pas qui pourraient surprendre,
L'envol dans le ciel des moineaux.

Je voudrais regarder dehors
La pluie continue qui tombe
Qui vient avec tous les renforts
D'un orage dans le ciel si sombre.

J'espère de tout cœur voir surgir
Les rayons du soleil levant
Du ciel, pour en finir
Avec ces nuages menaçants.

La corde tendue et forte
Aux mille couleurs mélangées
Qui tombera du ciel en sorte
Tel un arc-en-ciel en beauté.

Je serai alors bien sauvée
De cette tempête malheureuse.
J'étais tellement terrifiée
Par la foudre ravageuse.

À première vue, cette fois-ci, le message caché ne me saute pas aux yeux. Il va falloir que je réfléchisse car il s'agit d'une technique moins évidente. Pourtant, il me faut impérativement la trouver. Clara n'a pas utilisé les premières ou dernières syllabes ni la première lettre de chaque vers, aucun mot ne se répète, les lettres semblent utilisées aléatoirement, les rimes n'offrent aucun intérêt particulier, le registre lexical n'apporte rien de spécial. Clara fait une métaphore avec la météo, évoque le temps, la pluie, l'orage, la tempête, la foudre, les nuages menaçants, le soleil et l'arc-en-ciel. J'essaie de lire entre les lignes. Et là, j'ai un éclair : Clara a écrit un poème qui peut se lire un vers sur deux en partant du premier. Ce qui donne :

Rien ne servirait de crier
Vous ne pourriez m'entendre hurler
J'aimerais pourtant entendre
Les pas qui pourraient surprendre,
Je voudrais regarder dehors
Qui vient avec tous les renforts
J'espère de tout cœur voir surgir
Du ciel, pour en finir
La corde tendue et forte
Qui tombera du ciel en sorte
Je serai alors bien sauvée
J'étais tellement terrifiée

Cette fois, le message est clair et nous semblons en phase avec les suggestions de Clara. En fait, elle a raison, une corde bien solide suffirait à lui permettre de grimper pour sortir. Les garçons conservent cependant leur idée d'échelle souple : elle bougera moins, occasionnant ainsi moins de bruit et permettant surtout de monter plus vite. Nous ne savons pas si Clara aura une forme physique lui permettant de grimper aisément à la corde. Nous ne pouvons présumer de ses forces, car elle n'aura peut-être rien mangé depuis plusieurs jours…

Je me penche ensuite sur le deuxième poème :

Bien le bonjour à ma belle chambre en bazar.
Je regrette de ne pouvoir le soir y dormir.
Le plus dur, je vous assure, reste cette peur
Qui m'oblige à vomir de la bile chaque soir
Tant je trouve l'obscurité si pénible à subir.
Ma détresse doit vous donner tant de frayeurs.
Mes espoirs restent entiers, je veux rêver très tard.
Je cherche des histoires haineuses à leur dire.
Or, ils sont dehors, moi, je dors, tremblant de peur.
Je redoute que le pire survienne, j'en ai bien marre.
S'ils me laissent seule, c'est sûr, je saurai mourir.

À nouveau, je scrute le poème afin d'y découvrir le véritable message qui s'y trouve. J'avoue que j'ai l'impression de caler. J'ai beau activer méninges, neurones, synapses, m'efforcer de chercher, observer, décortiquer : la lumière ne se fait pas. J'essaie de prendre de la distance, de passer en revue les différentes techniques que j'ai eu l'occasion d'utiliser en sa présence, la mémoire me fait défaut, mon cerveau m'abandonne. Ce n'est pourtant pas le bon moment… Il faut que je fouille les mots, que j'explore les vers, que je lise à l'envers, que je prouve mon intelligence, que je me surpasse quoi. Je bute, je me heurte aux syllabes, je me cogne dans les rimes, je me bats contre l'insignifiant. Je me fais mal mais je ne progresse pas, je m'énerve mais je n'avance pas : je ne supporte pas mon manque de perspicacité. Où donc est passé mon acuité ? Ma clairvoyance ? Mon instinct littéraire ? Ils se sont envolés, me laissant seule au milieu de l'indéchiffrable. Je n'arrive pas à me résoudre à baisser les bras, à m'avouer vaincue. Je regarde plus attentivement, posément, intensément. La solution se trouve face à moi, sous mes yeux, aussi évidente que le nez au milieu de la figure et malgré ma ténacité, je ne la vois pas. Je me résous alors à m'éloigner de la globalité du poème, à isoler le premier vers pour l'étudier de plus près, pour le dévisager comme si j'utilisais une loupe :

Bien le bonjour à ma belle chambre en bazar.

Je me questionne alors toute seule : qu'est-ce qui m'interpelle ? Je constate qu'il y a beaucoup de fois la lettre B.
Je réitère la démarche avec le second vers. Je me demande quelle est la lettre qui revient le plus fréquemment :

Je regrette de ne pouvoir le soir y dormir.

Il semblerait que ce soit le E ou le R. Je ne sais pas vraiment s'il s'agit d'une piste. Je reste sceptique. Je poursuis quand même mon raisonnement et procède de la même façon avec les vers suivants pour voir si j'aboutis à un mot ou à une expression crédible :

Le plus dur, je vous assure, reste cette peur : le U ?

Qui m'oblige à vomir de la bile chaque soir : le I ?

Tant je trouve l'obscurité si pénible à subir : le B ou le T ?

Ma détresse doit vous donner tant de frayeurs : le D ?

Mes espoirs restent entiers, je veux rêver très tard : le E ?

Je cherche des histoires haineuses à leur dire : le E ? Le H ?

Or, ils sont dehors, moi, je dors, tremblant de peur : le O ? Le R ?

Je redoute que le pire survienne, j'en ai bien marre : le R

S'ils me laissent seule, c'est sûr, je saurai mourir : le S

Je reste dubitative mais il faut bien faire des hypothèses. Lorsque j'aligne les lettres les unes à la suite des autres, j'obtiens :

BEUIBDEEORR

BRUITDEHRSS

Et si je remplace l'antépénultième lettre par le O à la place du R, choisi sur la première ligne, j'obtiens : BRUIT DEHORS ! Oui, c'est ça ! Je suis contente : j'ai trouvé ! C'est bien ce que Clara voulait nous dire : il y a du bruit dehors ! Effectivement, nous avons pu le constater... Apparemment, nous nous sommes mis sur la bonne piste. Clara achève de nous inciter à tenter l'aventure pour la sauver. Nous sommes un peu moins dubitatifs qu'au début. Nous allons nous lancer avec plus de conviction, la peur au ventre malgré tout...

Chapitre 27

Aujourd'hui, à la maison, l'atmosphère est tendue. Notre envie de libérer notre petite Clara reste prégnante, mais nous avons conscience de jouer avec le feu. Ce qui achève de nous convaincre, c'est que Christian n'est pas à même de pouvoir réunir la somme énorme demandée en liquidités en un laps de temps aussi court. Il a fait pour le mieux, mais personne ne connaît la réaction des ravisseurs lorsqu'ils apprendront que la somme n'est pas complète. Que feront-ils à Clara ? Personne ne peut affirmer qu'ils ne passeront pas à l'acte, suite à leurs avertissements. Nous ne pouvons pas les laisser faire, sans rien tenter. Ils n'ont pas intérêt à toucher un seul de ses cheveux... Je leur ferais payer cher, très cher. D'ailleurs, ils paieront pour leur ignominie, pour la détresse dans laquelle se trouve notre petite fille, pour le mal qu'ils nous ont fait à tous. Ils ne sortiront pas indemnes non plus, ça serait trop simple, trop facile. Ils ne quitteront pas la capitale de toute façon, ils sont complètement idiots. Malheureusement, les otages représentent un bouclier solide, ils le savent bien.

Tous ensemble, nous récapitulons le programme et le plaçons dans son timing. Nous n'avons pas droit à l'erreur. Un seul faux pas de l'un de nous et tout le plan peut s'écrouler. La contribution de tous a son importance.

Chacun se prépare psychologiquement, charge son smartphone et vérifie qu'il n'oublie rien : moi, mon portable et la position du commissariat le plus proche, Christian, le sac avec l'argent, la voiture avec le plein d'essence, Clément sa voiture électrique également, qu'il garera à deux pas. Sandra, Théo et Karl enfilent des chaussures de sport antidérapantes, laissent uniquement le vibreur sur leur téléphone, éteignent leur sonnerie, emmènent les sacs à dos contenant l'échelle non rigide enroulée (reçue ce matin) ainsi que la machine à découper le verre, une corde quand même pour assurer leurs arrières et du matériel d'escalade. Ils revisionnent, une fois encore, les accès qu'ils devront emprunter, les points d'appui, les points d'accroche aussi. Heureusement, personne n'a le rhume des foins ni le rhume classique et n'est donc susceptible d'éternuer dans une position stratégique. Karl a appelé l'ami de son père pour le prévenir de leur venue afin d'être sûr qu'il sera à son domicile à l'heure voulue et pourra les laisser entrer. Karl a été obligé de « cracher le morceau » pour la bonne cause : il a confiance en lui et obtenu sa promesse de ne rien divulguer. Karl lui a vaguement expliqué que sa maison pouvait servir de position de repli en cas d'impondérable ou pour se mettre à l'abri en cas de tir de la part des ravisseurs, voire se cacher tout simplement s'ils n'ont pas eu le temps de prendre la fuite. Ce monsieur a l'air sacrément conciliant. Karl nous a juste dit qu'il était âgé et avait besoin d'argent. Sans doute s'est-il laissé corrompre ? Karl a sans doute dû lui « graisser la patte » mais ne nous a rien dit. Nous le récompenserons grassement si notre projet aboutit, et s'il n'aboutit pas non plus d'ailleurs. Il nous enlève une sacrée épine du pied, ne serait-ce que par sa position exceptionnelle et stratégique. Il prend également des risques conséquents en se joignant à notre organisation de bienfaiteurs ! Nous le bénissons sincèrement. Il mérite sa part du butin...

Au plus profond de moi, j'espère que notre plan va fonctionner et que la justice pourra faire son travail derrière nous, une fois que Clara sera tirée d'affaire. Nous n'avons nullement un rôle de justiciers, juste celui des sauveteurs qui mettent leur propre vie en danger pour épargner celle des autres. Une fois Clara récupérée et en sûreté, j'espère bien que les odieux malfaiteurs seront arrêtés, emprisonnés et sévèrement punis. Eux aussi le méritent : ils l'ont bien cherché ces fumiers ! En fait, je crois que j'anticipe le meilleur parce que j'appréhende le pire et que j'éprouve le besoin de me rassurer. Nous sommes tous tellement stressés à vrai dire. Mais avons-nous réellement le choix ? En prévenant la police d'emblée, nous irions à l'encontre de leurs vœux et ils pourraient s'en prendre facilement à Clara. Sans leur otage, ils n'auront plus qu'à se faire cueillir.

Tout à coup, je me mets à avoir peur pour Clément qui va s'exposer, très clairement. Pourvu qu'ils n'aient pas des complices qui puissent le reconnaître : il s'est déjà présenté pour acheter des billets (en repérage), et de surcroît, il y a peu de temps. Je ne sais pas ce qu'il a bien pu raconter à Ilona pour la tenir à distance aussi longtemps. Il y tient trop : il n'a sans doute pas voulu lui faire prendre de risques. Clément a dû refuser de nombreux matchs, il se sacrifie pour sa petite sœur, c'est mignon, mais normal, en même temps. J'en aurais fait autant à sa place. En tout cas, ils sont tous formidables, épatants. Ils agissent si intelligemment, si gentiment. Cette famille me comble tant ! Pourtant, j'ai mal au ventre, des bouffées de chaleur me font transpirer, mes muscles se contractent et se tétanisent. J'ai si peur pour tous ceux que j'aime. Par moment, je me demande : pourquoi nous ? Pourquoi notre famille ? Pour nous souder plus encore ? Nous n'avons pas été épargnés et notre quote-part de galère s'avérait déjà importante, il me semble... Le sort s'acharne sur nous ou quoi ?

Alors que je rassemble mes esprits ou plutôt que j'essaie de me concentrer, Théo vient me dire qu'il est l'heure. C'est le moment d'y aller. La pause chantier du midi est terminée. Le boucan qui nous est utile a repris. Je tremble, je suis si angoissée et crispée.

Les autres ont l'air décontractés : je sais bien qu'il ne s'agit que d'une apparence. Intérieurement, ils n'en mènent pas large mais ne le montrent pas.

Au moment où nous franchissons le pas de la porte, le téléphone fixe sonne. Christian se dépêche d'aller décrocher avant que le répondeur ne se mette en route. Nous refermons la porte afin de pouvoir mettre le haut-parleur. C'est encore un démarcheur à la noix sûrement. Après quelques secondes, où nous n'entendons qu'un souffle de respiration, nous entendons l'horrible voix du ravisseur :

— Alors, vous êtes prêts ?

Mon Dieu ! Ils ont l'air au courant de notre projet ! Ce n'est pas possible ! Ils nous surveillent ? Mes nerfs sont à la limite de la rupture... La tension est trop grande, trop forte... Christian répond posément :

— Oui, nous avons presque tout l'argent. Ne faites aucun mal à Clara. Nous suivrons tous vos ordres.

— Comment ça « presque » ?

— Nous n'avons pas encore la totalité, mais

La voix des ténèbres coupe Christian :

— La totalité ou Clara perdra un doigt par jour de retard. Je ne me suis pas fait comprendre ? Il vous reste un peu plus de 48 heures ! Pas plus ! Le temps passe ! Rendez-vous sur le pont de l'Alma après-demain, à 20 heures, seul avec l'argent.

— Où sera Clara ? demande Christian.

On raccroche. Nous sommes dans tous nos états, pas sereins du tout. Le seul point positif, c'est qu'ils n'ont pas l'air de se douter de ce qui se trame ni que nous savons où Clara se trouve. Nous décidons de quitter la maison en deux groupes pour que cela paraisse moins suspect : toute la famille d'un coup, ça pourrait sembler bizarre. Ou pas, en fait ! Je ne sais plus, je suis, je fais ce qu'on me dicte. Je ferme la porte derrière moi.

Chapitre 28

Une fois sur place, chacun à son poste, nous vérifions la bonne connexion de nos téléphones respectifs. Nous observons les abords du théâtre. Étonnamment, j'aperçois deux policiers qui entrent dans le théâtre. J'entre alors dans une folle panique : si les ravisseurs les voient, ils vont croire que nous avons prévenu la police. Oh non ! Pourvu qu'ils ressortent vite ! Comme ce n'est pas le cas, je lance l'assaut. En revanche, je demande à Clément de rester dans sa voiture. La police, au pire, fait diversion à sa place. J'insiste pour qu'il soit prêt à démarrer, si les garçons et les filles reviennent, comme prévu. Je n'ai plus qu'à prier, croiser les doigts, espérer, pour que tout se passe vite et bien, sans anicroche, par-derrière. Que le temps passe lentement parfois ! Chaque seconde ressemble à une minute, chaque minute à une heure ! J'ai un mal fou à contrôler mes émotions, mon inquiétude, mon effroi. Dès que j'apercevrai les enfants dans la rue, je dégaine… L'intervention me semble aussi dangereuse qu'interminable. Il faut que je reste concentrée sur mon observation à distance. Ce n'est pas le moment de me disperser.

Tout à coup, j'entends une alarme. Je ne parviens pas à savoir d'où elle provient : pourvu que le velux n'ait pas eu de détecteur d'ouverture, sinon les ravisseurs sont déjà prévenus. Les idées ne font qu'un seul tour dans ma tête. Je suis en train de composer le 17 lorsque je reçois un SMS de Sandra qui dit « tout OK ». Je raccroche. Je regrette d'avoir composé le numéro trop tôt. C'est fait, tant pis. Je guette la sortie des enfants par la rue transversale. Je trouve qu'ils mettent énormément de temps à revenir. Ils ont dû être retardés : pourvu qu'ils aient pu grimper tous les trois, percer le vitrage, introduire l'échelle, faire sortir Clara, redescendre sans être gênés ou interrompus... Pourvu que la police n'ait pas compromis notre plan : les ravisseurs pourraient avoir pris Clara en joug pour sécuriser leur fuite... Pourvu que l'alarme n'ait pas conduit les ravisseurs à vérifier la présence de Clara, même à retardement, pendant son ascension par exemple... J'espère que Karl n'a pas eu à entamer des négociations en allemand, avec Clara en mauvaise posture... Alors que mon anxiété s'accroît au fil des minutes qui s'écoulent, je crois entrevoir une, puis deux, puis trois et enfin quatre silhouettes qui se profilent à l'horizon. Tous les quatre se mettent à courir dans la direction de la voiture de Clément. Cette fois, j'appelle vraiment le 17, j'entends :

— C'est vous qui avez déjà appelé tout à l'heure ?

— Oui, rendez-vous au théâtre Mogador, des ravisseurs d'enfants, allemands, s'y trouvent, mais l'otage est libéré. Deux policiers sont sur place. Bouclez les issues et le quartier. Faites vite.

La personne raccroche. Elle doit passer les ordres.

Je préviens Christian qu'ils ont réussi et que la police est sur place, prévenue. Il vient me chercher à l'endroit où je me tenais en faction. Une fois dans sa voiture, j'appelle Sandra. Elle me raconte qu'ils ont été retardés à cause du double vitrage du velux, mais que l'alarme ne provenait pas de la fenêtre. Celle-ci, indépendante, s'est déclenchée alors que Clara venait juste de sortir. Dans la précipitation, elle est tombée et a dû se casser le poignet, mais elle est libérée et en sécurité. Ils se dirigent vers les urgences les plus proches. Je précise que nous passons mettre l'argent au coffre et que nous les rejoignons.

À peine ai-je raccroché que mon portable sonne à nouveau :

— Bonjour, ici le commissariat du 9ème arrondissement. C'est bien vous qui avez appelé la police tout à l'heure.

— Absolument.

— Pourriez-vous passer s'il vous plaît immédiatement ? Nous avons besoin d'éclaircir la situation. Deux Allemands ont été conduits au poste mais nous n'avons pour le moment aucun motif d'accusation, sans votre témoignage signé.

Je lui explique grossièrement ce qui s'est passé et lui promets que nous venons témoigner dès que notre fille aura été vue par un médecin. Elle pourra reconnaître ses ravisseurs et emmener la police sur les lieux de sa détention. Je précise que nous avons enregistré toutes les conversations téléphoniques des ravisseurs et que nous pourrons leur montrer les courriers et la lettre anonyme qu'ils nous ont fait parvenir.

Le policier me rétorque que la police était au courant du rapt et se tenait prête à intervenir avec les équipes du GIGN parce qu'elle avait été prévenue par une dénommée Ilona Colbert. Je comprends mieux pourquoi l'amie de Clément n'avait pas insisté pour venir chez nous : elle était au courant de tout, et la police aussi, par ricochet. Les Allemands arrêtés doivent juste être reconnus par Clara. Les faits, pour leur part, ne font aucun doute. Les policiers ont trouvé sur place toutes les preuves accablantes. Nous étions, sans le savoir, sous haute surveillance...

Chapitre 29

Théo m'appelle alors que ressortons du coffre de notre banque. Il me précise qu'ils ont préféré conduire Clara aux urgences de l'Hôpital intercommunal de Créteil et qu'ils attendent la carte vitale et les papiers de mutuelle pour procéder à son inscription. D'après ce qu'il m'explique, Clara semble beaucoup souffrir. Ils attendent de pouvoir passer les radios prescrites par l'infirmière qui assure le premier entretien : vu le gonflement de la main et du poignet, elle n'a pas hésité longtemps apparemment. Comme je l'espérais, il me passe Clara :

— Oh, ma puce, je suis si heureuse que tu sois en sécurité… Comment te sens-tu ?

— Rassurée, mais j'ai trop mal au poignet ! Même mes doigts ont gonflé ! Ils se touchent ! L'infirmière m'a donné du doliprane en attendant le diagnostic du médecin à la suite des radios. Pas très efficace…

— Si tu as une fracture, ce qui est vraisemblable, tu vas être rapidement plâtrée, après tu seras soulagée. Pareil si c'est une grosse entorse. Vivement que tu puisses voir le médecin. Je suis heureuse de t'entendre et de te savoir bien entourée ! J'ai tellement hâte de te serrer dans mes bras !

— Moi aussi, ma petite Maman, tu m'as tellement manqué !

L'émotion me submerge, les nerfs lâchent, je m'effondre, mais de joie cette fois...

— Ça va Maman ?

— Oui, ma puce, tout va bien maintenant. J'ai eu si peur pour toi ! Je ne voulais pas qu'on te fasse du mal, tu sais.

— Tu as compris mes poèmes ?

— Tu as été formidable ! Géniale ! Extraordinaire ! J'ai trouvé tous tes messages cachés. Parfois, j'ai beaucoup cherché, mais j'ai fini par y arriver ! Ton idée subtile nous a énormément aidée, vraiment. Sans les poèmes que tu écrivais, nous n'aurions jamais pu te localiser...

— J'étais terrorisée mais pour ne pas penser, je voulais m'occuper l'esprit. Je leur ai dit qu'en vous envoyant des petits poèmes, vous auriez la preuve que j'étais toujours en vie. Ils ont accepté, en trouvant même que c'était une bonne idée. Ils parlaient allemand, je ne comprenais rien de ce qu'ils se disaient entre eux, mais l'un d'eux parlait un français correct : il vérifiait à chaque fois, en lisant ce que j'écrivais, que je ne donnais aucune information. Je devais vous avertir subtilement. Ça m'a permis de trouver le temps moins long aussi.

— Tu as été épatante : j'étais soufflée de voir tout ce que tu étais capable d'écrire en utilisant nos petites techniques d'écriture. Tu es une vraie championne ! On arrive, ma puce. Papa se gare sur le parking de l'hôpital. Nous allons enfin nous retrouver ! À tout de suite, ma chérie !

— À tout de suite, Maman ! Bisous

— Bisous d'amour ma puce !

J'ai tellement hâte de la voir en chair et en os que je me mets à courir vers les urgences. Christian en fait autant. Lorsque Clara nous aperçoit, elle vient à notre rencontre et se jette dans nos bras... C'est si bon ! Je l'embrasse des milliers de fois, je crois.

Christian la fait tournoyer en la prenant sous les bras comme lorsqu'elle était enfant. Il la repose bien vite :

— Attention Papa, tu me fais mal !

— Dis donc, tu n'as plus deux ans ! Je ne peux plus te porter longtemps !

J'embrasse à la suite Clément, Sandra, Théo et Karl. Christian en fait autant. C'est merveilleux de se retrouver tous réunis ! Quelle famille extraordinaire ! La radiologue appelle Clara. Je la suis instinctivement, comme si quelqu'un risquait de me l'enlever une nouvelle fois. Je n'ai pas fini d'être anxieuse désormais ! Mais je vais certainement encore plus profiter du temps qui passe, des qualités de chacun. Clara ressort, les radios sont terminées. Au loin, j'aperçois Ilona qui arrive. Elle aussi a joué un rôle important, dans l'ombre, pour soutenir Clément. En prévenant la police, elle a agi par peur : peur que nous échouions, peur que nous ne soyons pas à la hauteur, peur qu'il arrive du mal à Clara, à Clément, à l'un d'entre nous. Elle se précipite vers Clara et l'embrasse affectueusement sans oublier un tendre baiser à Clément. Elle vient tous nous serrer dans ses bras. Nous voilà, à l'instant T, réunis au grand complet. C'est si plaisant ! Nous avons tous des mines de déterrés vivants épuisés ! Pourtant, nous affichons des sourires de satisfaction et de bonheur qui illuminent nos visages pâles et nos yeux cernés. Ilona me regarde et me dit, un peu gênée :

— C'était pure folie ce que vous avez tenté, je voulais être certaine que la police soit prête à vous prêter main-forte… Les choses auraient pu très mal tourner.

— Tu as bien fait, je lui dis simplement. Nous sommes une sacrée famille de fous, mais des fous qui s'aiment et tiennent les uns aux autres… Des gens somme toute normaux !

Dans la salle d'attente où nous attendons à présent le verdict du médecin avec les radios en main, les patients autour de nous sont émus par nos effusions. Habituellement, quand nous étions tous ensemble, ils nous regardaient avec des regards en coin : un handicapé en fauteuil, une sourde appareillée, deux homosexuels, des regards discrets ou pesants mais des regards : certains avec de la gentillesse, d'autres avec du mépris. Aujourd'hui, nous nous en fichons complètement. Seul notre bonheur compte... Aujourd'hui, notre petite famille doit faire envie tant il en émane d'amour et qu'il se voit. D'ailleurs, notre joie se transmet et se partage : les regards que nous croisons sont gentils, doux, bienveillants, accompagnés de sourires amicaux et compatissants face à notre émotion palpable. Personne n'imagine ce qui vient de nous arriver, personne ne soupçonne les risques que nous avons tous pris, mais tout le monde peut voir les liens merveilleux qui nous unissent, qu'il s'agisse des liens d'amour, de fraternité ou de solidarité qui nous rapprochent. Si ces regards pouvaient toujours ne voir en nous tous que des humains libres, avec un cœur qui bat et des sentiments, qui respirent et pensent comme tous les autres êtres humains : des êtres normaux quoi... Ce serait fantastique... Utopique, peut-être, mais je ne désespère pas... Les anormaux sont ceux qui conservent des œillères autour de leurs yeux, qui ne regardent pas plus loin que le bout de leur petit nez, qui gardent l'esprit fermé et encapuchonné sous la haine qui les emprisonne. Je suis dans mes pensées lorsque j'entends que quelqu'un appelle Clara, le médecin certainement, il porte une blouse blanche :

— Bonjour, vous êtes les parents de Clara ?

Il semble stupéfait de voir autant d'adultes pour l'accompagner : il s'agit clairement, cette fois, d'un regard d'incompréhension.

— Oui.

— Veuillez me suivre, je vous prie. Les parents seront suffisants, je pense, mon bureau est assez étroit.

— Oui, bien sûr, docteur, je réponds.

Tandis que la fratrie au grand complet attend dehors, nous pénétrons dans un box d'auscultation. Nous restons debout. Le médecin observe attentivement le poignet de Clara, lui demande si l'antalgique a calmé un peu la douleur et installe les radios sur une surface verticale éclairée.

— Belle fracture, jeune fille ! Vous vous êtes fait ça comment ?

— Je me suis mal réceptionnée en tombant d'assez haut.

— Je vois. Tu ne t'es pas ratée ! Nous allons te plâtrer pendant trois semaines. Tu vas voir, la douleur va vite s'atténuer lorsque ton poignet sera immobilisé, dit le médecin à Clara. Mais tu es jeune, tout va vite rentrer dans l'ordre. Nous ferons une radio de contrôle dans trois semaines lorsque tu seras déplâtrée.

— D'accord, en attendant, j'ai mal.

— Le plus dur sera de supporter la chaleur : parfois, ça gratte à l'intérieur du plâtre avec la transpiration. Petit conseil technique pour maman : une bonne vieille aiguille à tricoter fera l'affaire, me dit-il en me regardant.

— C'est noté, je dis en hochant la tête affirmativement.

— Un peu de doliprane pendant quelques jours au besoin, je vous fais une ordonnance. Est-ce qu'il te faut un arrêt de sport, jeune fille ?

— Oui, je veux bien. Je fais de la gymnastique acrobatique, explique Clara.

— Ouh là là ! fait le médecin en sifflant. Il va falloir être raisonnable pendant un moment alors. La rééducation du poignet à ton âge se fera naturellement, mais surtout pas en forçant.

Clara ouvre de grands yeux consternés : elle a l'air effarée...

— Ça veut dire combien de temps sans gymnastique alors ?

— Plusieurs mois, c'est important. Tu risquerais d'occasionner une fragilité durable sinon.

— Bon, d'accord, dit Clara à regret, en soufflant elle aussi.

— Pas besoin d'arrêt scolaire Clara, j'imagine ? Tu n'as pas encore repris le chemin de l'école ?

— Non, le lycée n'a pas encore repris, dit Clara, en insistant sur le mot lycée.

— Parfait alors.

Je remercie le médecin. Je lui précise que nous allons nous occuper des démarches administratives qui n'ont pas encore été faites. Nous nous disons au revoir.

Lorsque nous sortons, je demande vivement à Clara si elle se sent bien, si les ravisseurs ne lui ont rien fait. Elle me répond sérieusement, comme à son habitude, que tout va bien. J'insiste :

— C'est le moment d'en parler au médecin, sinon.

— Tout va bien, je te dis Maman.

J'explique aux uns et aux autres que nous devons nous rendre au commissariat du 9ème arrondissement :

— La police nous attend pour recueillir nos témoignages et Clara doit identifier ses ravisseurs.

Tout à coup, en repensant à notre sale histoire, je demande à Clara comment elle a su qu'elle se trouvait aux abords du théâtre Mogador. Elle me répond :

— Ça n'a pas été difficile. Dans la pièce où je me trouvais, il y avait une table, des chaises et beaucoup d'affiches de toutes sortes, des articles de presse découpés, des photos. Comme je m'ennuyais, j'ai tout lu. Ça m'occupait au début. Après, quand l'idée des poèmes m'est venue, je ne pensais plus qu'à écrire, mais je ne savais pas s'ils vous les adressaient vraiment. J'ai dit à celui qui parlait français avec un gros accent que vous ne paieriez pas si vous n'aviez pas la preuve que j'étais toujours en vie. Ils m'ont crue ces andouilles. Quand il m'a donné du papier et un stylo, il m'a dit que si j'essayais de donner des tuyaux, ils me couperaient un doigt. Je n'étais pas vraiment tranquille à chaque fois, mais ils n'ont rien capté. Mon plan a marché comme sur des roulettes. Après, quand bien même vous les receviez, je n'étais pas certaine que tu songerais à les déchiffrer. Il n'y avait que toi Maman qui soit susceptible d'y penser et de savoir le faire... Ça me faisait un sang d'encre. Heureusement que nous en avons souvent écrit ensemble, des poèmes !

— Une vraie bénédiction, c'est vrai.

Maintenant qu'elle pense moins à son poignet, j'ai envie de lui poser plein de questions. Dans la voiture en direction du commissariat (Clément nous suit avec les autres), Clara se met à me raconter en détail ce qui s'est passé. Je l'arrête soudain en lui disant qu'elle va devoir tout recommencer depuis le début avec la police. Alors qu'elle se tait depuis quelques minutes seulement, je me retourne pour la regarder : elle s'est endormie.

Elle aussi n'en peut plus. Le passage au commissariat va être une épreuve supplémentaire dont nous nous serions tous passés. Mais il le faut : c'est un passage obligé, incontournable... Il faut qu'ils paient les monstres !

Chapitre 30

Une fois au commissariat, nous sommes tous reçus séparément pour faire nos dépositions. Je ne sais pas si Théo et Karl vont parler du drone. Ils sont finalement arrivés avant nous, séparément, dans la voiture de Clément. Nous n'avons pas seulement eu l'idée de nous consulter sur ce qu'il convenait de raconter, d'expliquer ou d'avouer. Nous n'avions eu qu'un dessein jusqu'ici : sauver Clara et retrouver notre petite vie tranquille d'avant. Le reste n'avait eu en fait, à nos yeux, aucune importance. Nous avions voulu comprendre, décanter, réussir et en finir avec cet enlèvement d'enfant : nous avions mené notre mission à bien. Au point où nous en étions arrivés, nous ne rêvions que d'une chose : vivre en paix.

En fait, nous aurions voulu que la police fasse justice sans nous, mais, bien sûr, cela ne pouvait s'entendre. Il fallait établir avec le plus de détails possible l'ensemble des faits retenus contre les ravisseurs afin d'établir les motifs de détention, en attendant le jugement. Il fallait que les troubles de l'ordre soient arrêtés et punis pour les méfaits commis. Le délit s'avérait très grave avec mise en danger de mineur, enlèvement, séquestration, menaces de tortures physiques et demande de rançon. Il était nécessaire de nous montrer coopérants si nous voulions voir les kidnappeurs derrière les barreaux.

Le témoignage de Clara s'effectue, de droit, en ma présence. J'apprends alors enfin tout ce qui s'est réellement passé depuis sa disparition. Je la plains d'avoir vécu ce cauchemar. J'espère surtout qu'elle ne gardera pas traces de traumatismes psychologiques. Cela reste loin d'être évident avec tout ce que j'entends. En effet, elle raconte :

— Lorsque je suis sortie du cours d'apprentissage de la langue des signes avec ma sœur Sandra, nous nous sommes séparées, avec l'idée de nous retrouver aux alentours de dix-neuf heures chez nos parents. Nous projetions un chouette repas en famille et entre amis ce soir-là. Je me suis dirigée vers l'arrêt de bus qui devait me permettre de me rendre chez une amie qui devait venir dîner chez nous.

— Excuse-moi de te couper : comment s'appelle cette amie que tu étais censée passer chercher ?

— Elsa Delarue.

— Merci. Tu peux continuer.

Clara reprend :

— Avant d'arriver à l'arrêt de bus, j'ai dû traverser un parc. Plein d'enfants y jouaient. En le quittant, de l'autre côté, j'ai entendu quelqu'un m'interpeller : « Mademoiselle, s'il vous plaît... ». Je me suis approchée et un jeune avec un accent allemand m'a dit qu'il effectuait des tests gustatifs de yaourts aux fruits sur des jeunes de treize à vingt ans pour voir les arômes qui plaisaient le plus : une sorte d'enquête de consommateurs. Il avait l'air sympa, j'ai été cloche, je ne me suis pas du tout méfiée : je suis montée dans sa camionnette pour les goûter. Lorsque j'ai commencé à donner mon avis, la porte de la camionnette s'est refermée et elle a démarré. J'étais avec le jeune dans une quasi-obscurité qui m'empêchait de le dévisager. Tout à coup, je ne me suis pas sentie bien, j'ai eu une nausée et une forte somnolence. Je pense, en fait, qu'il avait mis un somnifère dans les yaourts. Lorsque je me suis réveillée, je n'avais plus mon portable sur moi et j'étais dans la pièce où je suis restée jusqu'à ma libération.

— Tu peux me décrire la pièce très exactement, s'il te plaît.

— C'est simple, il y avait une table, plusieurs chaises et beaucoup d'affiches au mur, des photos, des articles de journaux. En les lisant tous, par recoupement, j'ai compris qu'ils évoquaient tous un même théâtre : le théâtre Mogador. Il y avait un vélux assez en hauteur et beaucoup de bruit sans arrêt, sauf la nuit.

— Ils ne t'ont fait aucun mal ?

— Non. Ils m'ont simplement menacée.

— De quoi faire ?

— De me couper un doigt.

— Ah. Si tu faisais quoi ?

— Si je criais, si j'appelais au secours, si je hurlais, si je transmettais des informations.

— Et tu as fait quoi ?

— Je n'ai rien dit ! Vous auriez hurlé, vous ?

— Non, bien sûr, je voulais dire, dans la pièce...

— J'ai lu et puis lorsque le jeune m'a amené à boire, je lui ai demandé du papier et un stylo. Il m'a demandé si je voulais écrire mon testament et a ri, d'un rire épouvantablement idiot.

— Est-ce que tu peux me le décrire physiquement et me dire quels vêtements il portait ?

— Pas très grand, plutôt beau garçon, blond avec des yeux bleus, un beau bleu, lumineux. Il portait un jean, un polo blanc et bleu marine, des baskets blanches aussi.

— Et il t'a donné du papier ?

— Oui avec un stylo, il croyait que je voulais dessiner pour m'occuper. Il m'a prise pour une enfant. N'importe quoi ! Quelque part heureusement ! En fait, je voulais expliquer à ma famille tout ce que je pouvais : parler du nom du théâtre, dire qu'il y avait une fenêtre, beaucoup de bruit, que j'entendais de l'allemand, qu'une évasion était possible, etc. J'avais très peur, je rêvais de m'enfuir. J'avais trop peur qu'ils arrivent avec un hachoir. J'ai fait beaucoup de cauchemars, je me réveillais en sursaut, complètement en sueur. Je tremblais après pendant des heures parce que j'avais froid et rien pour me couvrir. Pas même un pull. Et puis j'avais très faim, le jeune n'apportait qu'un peu de pain et de chocolat de temps en temps. J'aurais avalé n'importe quoi. Mon ventre grouillait tellement. Le temps paraissait très long, il passait si lentement...

— Et ?

— Depuis longtemps, j'écris des poèmes avec Maman pour les anniversaires, Noël, et d'autres occasions. J'adore ça ! Maman m'avait montré comment faire des poèmes rigolos et originaux. J'ai utilisé ces petits savoir-faire pour lui dire tout ça sans que les ravisseurs ne puissent s'en apercevoir.

— Ah ? Il faudra me montrer ça, dit l'inspecteur. Mais comment sont-ils arrivés chez tes parents ?

— J'ai demandé au jeune de les envoyer par la poste pour prouver à mes parents que j'étais toujours en vie et qu'ils pouvaient réunir l'argent.

— Tu savais qu'ils voulaient de l'argent ?

— Oui, le jeune me l'avait dit. Il avait même ajouté que s'il y avait du retard pour la remise des fonds, il me couperait un doigt par jour ! J'étais morte de trouille ! J'ai alors commencé à être de plus en plus angoissée. J'avais peur qu'il vienne aussi un jour me violer.

— Et ?

— Il ne s'est rien passé, Dieu merci. Pendant des heures, je réfléchissais à la façon d'écrire les poèmes pour que le texte soit cohérent et que le message dedans ne soit pas visible. J'osais espérer que ma famille les recevait. Sans ça, je risquais du lourd. Un jour, le jeune est arrivé avec une paire de ciseaux à la main...

Clara a les larmes qui montent à ses yeux et son visage qui se tord d'effroi comme si elle revivait l'instant. Je demande à l'inspecteur s'il en a encore pour longtemps, prétextant que ma fille est à bout de force, ce qui est le cas en plus, physiquement et nerveusement.

— Madame, laissez-la finir, je vous prie.

Je prends la main de Clara dans la mienne en soutien.

— Là, j'ai cru qu'il venait me couper un doigt. C'était le moment le plus affreux que j'aie jamais connu. J'étais terrifiée. Je me suis reculée et recroquevillée dans un coin, en cachant mes mains contre mon corps, comme ça... (Clara mime son geste.)

Je réalise combien ma fille a été éprouvée et combien elle a été courageuse. Je l'admire : si jeune et si forte, si clairvoyante, si ingénieuse... Mon Dieu, que sa détention a dû être dure ! Je suis retournée par ce que j'apprends. Le récit est bouleversant. Clara reprend :

— Je voulais lui dire de ne pas me toucher, de ne pas m'approcher, de ne pas me faire de mal, mais je ne pouvais pas. Je n'arrivais plus à parler. Avec la meilleure volonté du monde, je ne parvenais pas articuler un son. J'étais paralysée..., tétanisée..., aphone.

Clara s'interrompt : maintenant encore, elle a du mal à raconter. Je le sens, elle fait des efforts considérables, elle prend sur elle. Cette fois, je me lève et m'écris :

— Cette fois, ça suffit ! Vous la torturez ! C'est ignoble ! Vous l'obligez à revivre ses effrois ! Vous tenez à la traumatiser pour le restant de ces jours ou quoi ?

Je suis énervée, enragée. Je veux qu'on nous fiche la paix. Qu'ils les coffrent et puis c'est tout !

— J'entends bien Madame, je comprends votre réaction. Nous en avons bientôt fini. Son témoignage est capital, vous comprenez ?

— Oui, mais je considère que vous en savez assez pour faire votre travail maintenant.

— D'accord, nous allons en rester là. Par contre Clara, j'ai une dernière question importante : as-tu vu à un quelconque moment l'autre personne, celle qui conduisait la camionnette ?

— Non, jamais. Mais je l'ai entendu parler allemand. Il a une voix grave assez spéciale. Je saurais la reconnaître.

— Dans ce cas, tu vas me suivre : tu vas voir et entendre successivement deux hommes derrière une glace sans tain, ce qui signifie qu'eux, par contre, ne te verront pas et ne t'entendront pas. Tu me diras si tu les reconnais, d'accord ?

— D'accord.

Après les avoir observés et écoutés très peu de temps, Clara les reconnaît formellement, sans aucune hésitation. L'inspecteur lui pose une ultime question concernant son plâtre, à laquelle elle répond posément. Puis il me demande de la conduire auprès de son père, qui lui aussi a été questionné. Lorsque je suis seule, l'inspecteur me dit que l'affaire ne fait aucun doute, mais qu'il serait sage de faire suivre temporairement Clara auprès d'une psychologue pour qu'elle évacue tous les démons qui risquent de la hanter un moment. Il m'explique que, par ailleurs, par mesure de sécurité, il compte faire suivre Clara en filature un certain temps. Il précise que cela la – et me – rassurera. C'est évident.

Il me juge très fatiguée et me propose de prendre ma propre déposition le lendemain. J'avoue que sa proposition m'enchante : je n'en peux plus. Cela lui permettra également de faire, entre temps, le recoupement entre tous les témoignages. C'est très bien. Enfin, je crois que nous allons pouvoir rentrer chez nous…

Je ne sais ce que les autres ont raconté, mais la journée a été particulièrement éprouvante et forte en émotions. Heureusement que Sandra était allée acheter à boire et à manger à l'hôpital pour sa sœur affamée : elle aurait eu du mal à tenir jusqu'à cette heure tardive. D'ailleurs, nous allons vite rentrer dîner, prendre une bonne douche pour nous nettoyer des horreurs de la journée et nous coucher pour faire une longue nuit réparatrice. Tout le monde en a besoin, Clara en premier…

Chapitre 31

Nous nous retrouvons tous, soulagés d'être enfin libérés. Alors que nous pensons pouvoir quitter le commissariat en toute discrétion, nous faisons face en sortant, à une multitude de caméras... Des projecteurs sont braqués sur nous, des journalistes, en grand nombre, sont là, en quête d'un récit de notre part, tous tenant d'innombrables micros, de toutes tailles, au bout de longues perches ! Nous sommes littéralement assaillis de questions ! Mais qui donc a pu les convier et vendre la mèche ? Mon petit doigt a une idée ! Oh, la coquine ! Je me tourne vers elle. Ilona me fait un clin d'œil et me dit :

— Les héros de la différence ont fait du bon boulot ! Il faut que tout le monde le sache ! Vous méritez tous d'être portés aux nues ! Vous êtes une famille extraordinaire !

Soyez loués, encensés et glorifiés de tous ! Votre histoire touchante sollicitera, je l'espère, un regard d'admiration, un regain de tolérance aussi et beaucoup d'ouverture d'esprit !

Je lui souris. Je l'espère aussi...

Remerciements

Mille mercis,

À toute ma famille qui m'accompagne par le cœur et me soutient dans ma nouvelle passion, depuis le début de mes écritures...

À tous mes amis, lecteurs ou lectrices, qui attendent avec impatience le roman suivant et me stimulent...

À toute l'équipe dynamique des Éditions du Lys Bleu, en particulier à son directeur, Monsieur Benoit Couzi, pour cette nouvelle publication, et à Reine, pour nos chaleureux échanges...

Aux libraires et aux organisateurs de salons qui m'accueillent avec chaleur, exposent mes livres et organisent des séances de rencontre avec mes lecteurs...

À tous celles et ceux qui partagent un peu de leur temps libre avec la vie poétique de mes personnages et m'offrent de chaleureux retours encourageants...

Aux rédacteurs et blogueurs qui m'honorent et m'incitent à écrire de nouvelles aventures émouvantes...

À tous, encore mille fois Merci !

Imprimé en Allemagne
Achevé d'imprimer en mai 2020
Dépôt légal : mai 2020

Pour

Le Lys Bleu Éditions
83, Avenue d'Italie
75013 Paris